レイア・レーヴェンシュタット
笠原サトル

ミネルバ

フォーリナーの過ち❶

ご隠居さま

MISTAKE OF FOREIGNER

CONTENTS

プロローグ

～サトルのいた世界～

チラチラと湿った、冷たい白い雪の精が舞い降りている。

普段であれば身を縮こまらせ足元を注意せねばならないなどなにかと厄介者扱いされる雪の精だが、今日ばかりは歓迎されていた。

何故なら、今日はクリスマス。

街は賑やかなクリスマスソングが流れ、色とりどりのネオンが街中を明るく染め上げる。夕方五時近くなって、行きかう人や車にはカップルや家族連れが目立つようになってきた。

一部の幸せを呪う人々を除き、町に繰り出しているカップルなどはホワイトクリスマスを演出してくれる白い雪の精を歓迎し、歓喜の声もあがっている。

もちろんそんな幸せかつ長閑な光景ばかりではなく、仕事をしている人もまた数多い。

街中に程近く、繁華街からやや外れた道路工事現場は一七時前に片付けを始めていた。カラーコーンを置いて現場に人が近づかないようにバーを配置して、後片付けをすませれば今日の仕事は終了だ。

やや疲れた顔色の現場監督が歩行者の誘導をしていたガードマンの元に足を向け、声をかけた。

「お疲れさん、今日は終わりだ」

「お疲れッス」

ヘルメットを持ち上げてカラッと人懐こく笑ったガードマンの青年はチカチカ点滅していた振り棒のスイッチを切り、胸元から日報を出した。終業時間を確認して記入をし、現場監督のサインを貰う。

「んじゃ、お先に失礼します」

深いお辞儀にうん、と現場監督も返した。

すっかり顔馴染みのこの現場監督には小学校低学年の子供が二人いる。

ここのところ仕事をその権限で調整して、クリスマスの今日は残業ナシと決めこんでいたのはガードマンの青年どころか、現場作業員の全員が周知の事実だ。

――早く帰らないと子供たちもさることながら、嫁がうるさいんだよ。

などと休憩中に苦笑交じりにボヤいて、作業員らの笑いを買っていた。

工事現場から青年が勤務する警備会社の事務所までは徒歩一五分。徒歩で移動できる範囲の現場に派遣されたのは、ガードマンの青年の会社の心配りだ。警備員の制服のまま、軽い足取りで事務所に入る。

「お疲れ様ッス！」

「おぉ、お疲れさん」

青年の明るい声に応じて、事務所にいた何人かが顔を向けた。いずれも青年を歓迎した顔だ。年寄りが多いこの職場で、快活な青年は歓迎されている。

「はい、笠原くん。今月ぶんの明細ね」

「あざっす」

一二月分給料明細　笠原サトル様、と書かれた封筒を丁寧に受け取る。

サトルは制服の胸ポケットに丁寧に仕舞い込むと、事務所内の人々に一礼し、早速更衣室に向かう。更衣室には中年を過ぎたあたりの男が、長袖の白いくたびれたシャツとパンツ一枚の姿でゆったりと煙草を燻《くゆ》らせていた。

「おーサトルくん。お疲れさま。今日は定時なのかい」

「ウッス」

「どうだぁ今日ぐらい。一杯」

コップを持った手の仕草で、クィクィと口元にやるが、サトルは苦笑いを顔に貼り付けつつ。

「あ〜…やめとくッス。今日、居酒屋とか行っても、カップルとか多いじゃないスか」

「まぁなぁ。クリスマスだものなぁ」

一五年前は家でも盛大にやってたんだがなぁ、と中年の男はボヤき始めた。彼は、子供の独立を機に二三年連れ添った愛妻と離婚。子供との交流は年一度あるものの元嫁とは会っていない。それでもまだ未練が残っているらしく、ことあるごとに日々の生活の淋しさを愚痴るのが癖になっている。

「それに、今日は先約があるんで」

「あぁ、妹さんかい？」

「ウッス！」

朗らかに笑うサトル。

サトルには年の離れた妹がいる。妹が産まれる際、難産の挙げ句に母親が死去。絶望にくれた父親は母の初七日の日に自殺。他に頼れる親類もなく、当時高校一年一六歳だったサトルは妹を養子に出すべきとの周囲の意見を押しきって妹を養護施設に預けると、自らは高校を中退。父親の知人だったこの警備会社の社長を拝み倒して就職すると、以来八年間、妹の施設のお金を払いながら月一の面会を続け、自らは歯を食いしばって妹のためにと爪に火を灯さんばかりの生活をしているのだ。

そこいらの事情も、中年の男は知っていた。

まだ二四歳の青年が負うには重たい事情だ。にも拘《かかわ》らず、楽しそうに返事をするサトルの姿が眩しくもあるし、驚きでもある。

「それじゃスンマセン！　お先ッス！」

パパッと着替えて元気迸る声で駈けて行くサトルの背中を見送りつつ、中年の男はため息をついた。

「いいヤツなんだがなぁ……」

本人は彼より少しばかり年上の同僚に声をかけられ、楽しそうにハイタッチをしている。サトルの父親とも友人関係だった中年の男はサトルが一六歳からこの職場に入って以来の同僚だ。

まだまだ若い青年たるサトルの背景は辛く、重い。それを微塵も感じさせずに多少おどけたように振舞っているサトルを見ると、自らの不幸なんて軽いとも思ってしまうし、かわいそうだとも思う。

「ちぃと正義感が強過ぎだがな」

「あ、社長」

中年の男の背後から小柄な老人が顔を見せた。構わないとばかりに小さく手を振って、事務所をでていくサトルの背中を二人で見送る。

サトルが自分を飾らない、いい男だというのはこの小さな警備会社古参の二人の共通認識だ。ただ正義感が強すぎで、だからこそ自分以外に身寄りのなくなった妹を自分の将来をなげうってまで保護するのだし、その正義感のあまり、仕事先で女性に絡んでいたチンピラをのしてしまって問題になったこともある。

要するに世渡り下手なのだ。

「ホントはかきいれ時だから、定時あがりしてほしくはないんだが、ま、しゃーねーわ……」

「まあ、そうですわな」

妹との月に一度の面会日は会社もできるだけ都合をあわせてやるようにしていた。だからこその今回派遣されていた現場だったのだ。本当なら休みにしてやりたいところだったが、人手不足のこの年末、定時で終わる現場でという条件で仕事を頼んだ。本人は苦心を顔に出さず快諾したが、心苦しく思っているのは中年の男ばかりではない。この社長もなのだ。

サトルには幸せになってもらいたい。

やや強面だがその心根優しい好青年で、それをことあるごとに感じるがために、なおさらそうも思うのだが、この二人にできることは多くもなく。出ていったサトルを思って二人は同時にため息をつき、顔を見合わせて笑った。

「とりあえず今日はこれから、ヤツも幸せな家族の時間を過ごすんだ。我々老人は、せいぜいヤツの幸せを祈ってやろうじゃないか」

「そうですね」

＊　＊　＊　＊　＊　＊　＊

「スンマセン！　予約してた笠原ですけど！」

閉店三〇分前に駆け込んだ玩具屋で店員のひきつった笑顔を受けながら、サトルは予約していた商品を引き取ると、鼻歌混じりでクリスマスの夜を歩く。背には一メートル程のクリスマス包装された袋を担いでいる。妹・ありすへのクリスマスプレゼントだ。

本来、養護施設に入っている少年少女に個人的なプレゼントは望ましくない。他の子供からの嫉妬を受けてイジメの対象になりがちとなるからなのだが。

「ありすちゃんなら、キチンとみんなでわけあって遊べるから」

と、養護施設の職員はプレゼントに許可を出してくれていた。

「……ふっふっふ、喜ぶだろーなぁ、ありす」

プレゼントに喜ぶだろう妹の姿を妄想して強面の顔を傍目には不気味に歪めているサトルだったが、正直、この日のためにここ数ヵ月、かなり厳しい生活をしていた。元々無趣味でさしたる金銭も使うタイプではなかったから、本人は然程《さほど》に気にしていなかったが、周囲が気にかけるほどには苦しい生活だったのだ。

だが、それもありすの笑顔を思えば、苦労でもなんでもない。

雪が舞い散る中、待ち合わせの駅の外に可愛らしい少女がいた。頬を寒さで赤く染め、毛糸の手袋に白い息をはいては擦り合わせている。毛糸の帽子にはうっすら雪が積もっており、見るからに寒そう。

サトルの最愛の妹、ありすだ。

「ありす！」

「おにーちゃん！」

兄の姿を見つけて、ありすの顔に満面の笑みという花が咲いた。寒さに震えていたことも何処へやら、嬉しそうに駆け寄ってそのままギュッと抱きついた。といっても身長差があるから、抱きついたのはサトルの腰だ。サトルも満面の笑みを浮かべながら帽子に積もった雪を振り払ってやる。

「中で待ってろっていったのに」

「だって、待ちきれなくて」

えへへ、と小さく笑って、最愛の兄の顔を見上げる。

年齢相応の仕草だが、ほんの少し色香も漂わせていて、間違いなくこのまま育てば美人になるだろう雰囲気をありすは持っている。兄としては少し心配だ——が、いかんせんまだ八歳。いくらなんでも色恋はまだ早いだろう。

「元気してたか？」

「うん！　あのね、この前ね、初めて、ラブレター貰ったの！」

まだ早いと思った直後なのに——。思わずがっくりと肩を落とすサトル。そんな兄の顔をありすは心配そうに見上げる。

「……ダメだった？」

「んー……そんなことはないんだけどな。ラブレターか……兄ちゃんは貰ったこともあげたこともないのになぁ」

　複雑な心境になりつつ、サトルは腰を下ろしてありすと視線の高さを合わせ、今度は肩に積もった僅かな雪を掃ってやる。

「そうなんだー。えへへ」

　すごいでしょ、とばかりに胸を張ってから、ありすもサトルの頭にわずかに積もった雪を掃った。たまたまその光景をみたカップルが笑むほどに、なんとも微笑ましい。

「よーし。じゃあ元気にしていたいい子のありすに、クリスマスプレゼントだ」

　プレゼントがあるのはわかっていた――いかんせん、隠しようのないサイズだから。自分の身長ほどの大きな包装されたプレゼントを、ありすは全身で受け止める。

「ありがとうおにいちゃん！　……中、何？」

「大きなふわっふわのくまのぬいぐるみ。九月に、おもちゃ屋さんで一緒に見たろ」

　三ヵ月前の面会時、サトルはありすを連れて一緒に買い物をしていたときのこと。立ち寄ったおもちゃ屋で、ものほしそうな態度こそみせなかったものの、ずーっとぬいぐるみに視線を合わせていたありすを、サトルもまた見ていたのだ。

　え、と返してから、信じられないものを見たかのようにありすはプレゼントの紙包と兄とを交互に見やる。

「……本当に？」

「欲しかったんだろ？　お兄ちゃんはちゃあんと知ってた。施設の人にも許可は貰ってる……帰ってから開けるんだぞ？」

「うん！　おにいちゃん、だぁい好き！」

　ぬいぐるみごとハグしようとするが、ぬいぐるみの嵩が大き過ぎて届かない。困ったような顔をしたあり

すに笑って、一旦包みを持ってからちゃんとハグをし、そのまま抱き上げた。

八歳ともなると片手で抱き上げるには少々重いが、そろそろできなくなるだろうスキンシップを今のうちにという親心半分だ。

「ちゃんと施設の友達と一緒に遊ぶんだぞ？」

「うん！」

ありすの返事も快活なそれ。たまにしか会えない関係だが、素直にまっすぐ育ってくれたことはサトルにとっても嬉しいことだ。

一頻りスキンシップをした後、ありすを下ろし、改めて手を繋ぐ。親子というには年が近いし、兄妹というには年が離れ過ぎている。かといってカップルに見えるかといえば、そうはならないだろう。犯罪もいいところだ。

「さて。ありす、お腹へってないか？」

と、サトルが口にした瞬間、聞こえる音量でありすのお腹が可愛らしい音を立てた。

「えへへ……ちょっと」

照れた表情ではにかむありす。普段なら施設でもうとっくに食事を食べ終えている時間だ。ちょっと、とは返したものの、それなりにはお腹はすいているだろう。ありすの返答にサトルはそっか、と返して、妹の手を引いて早速歩き出す。

「にーちゃんなぁ……食べたいものあるんだ。一緒に食べに付き合ってくれるか？」

「また甘いもの？」

ありすの即応にサトルはバレたか、と一瞬苦い顔をした。強面の顔立ちのサトルではあるが、顔に似合わず実はスイーツが大好物だ。外出するたびスイーツを食べられて喜んでいたありすだったが、実は兄の好みだっただけ、というのを知ったのはつい最近のこと。

ただもちろん、ありすも嫌なわけではない。それ以上に兄と過ごせる時間が貴重で、大事な宝物なのだ。

「そうだ！　クリスマス限定のスイーツバイキングやってる店あってな！」

居直って少し大きな声で返すサトル。

そもそも、ありすとの面会が夜になることはめったにない。今回は施設の職員が気を利かせてくれ、クリスマスというめでたい日に外泊の許可もだしてくれたのだ。その日程の許可を得てからサトルは、無料情報誌などでありすとともに楽しめる店をいろいろ探していた。その中で通勤途中にたまたまその店の張り紙を見かけ、気になっていたのだ。

「しょおがないなぁ……。おにーちゃんに付き合ってあげましょお」

こまっしゃくれた妹の仕草に、コイツめ、と笑いながら頭をやや乱暴に撫でる。ありすは髪の毛が乱れたことに小さく不服の色を見せるも、兄とのコミュニケーションが嬉しく、表情はそちらが優先されていた。

互いの近況をとりとめもなく話しながら、街中を彩るイルミネーションをデート気分で眺めつつ歩いて、目的の店へ。店内は盛況だったが幸い待つこともなく、すんなり入れた。先に会計を済ませ、店員の案内に従って席に座る。

クリスマス時期の三日間限定でのデザートバイキング。これまで入ったことはないものの、ある程度人気のある店ということで正直、期待度的には半信半疑だったのだが、チラリと見ただけでもサトルの期待をいい意味で裏切る量と質。飲み物も豊富に取り揃えているようだ。箸休め用だろう、塩辛い系も少しだが用意されている。

——アタリだ！　ここに決めてよかった！

内心で快哉を上げ、舌なめずりをしつつ、店員の説明を話四分の一程度に聞き流す。

「……以上になります。ごゆっくりどうぞ」

店員から案内を聞いた後に、サトルとありすは勢いよく立ち上がった。

「あんまり取りすぎるなよー」

「それはありすの台詞ー」

めいめいに分かれ、それぞれ好みのケーキやプリン、フルーツなどを気の赴くまま、せっせと皿に乗せこむ。サトルにしてもありすにしても、これが晩御飯代わりとなるから、その盛り方は容赦がない。

結果。

「おにーちゃん……そんないっぺんに持ってこなくとも」

八歳の妹が呆れ返るほどに、二つの皿に盛られたケーキの山。ホールに直すと一つ半はあるだろうか。

飲み物はアイスティーでガムシロップやミルクは入っていないが、ケーキの山を思えば焼け石に水なカロリーの配慮ではある。まあ、サトルはさして太っているわけではないのだが。一方のありすは小さめのケーキを四つとフルーツを少し、プリンと、それにオレンジジュース。至極まっとうな組み合わせである。

「こんくらいよゆーよゆー」

「そうかもしれないけど……お行儀悪いよ？」

妹からの指摘に、う、と息を呑むサトル。だが、持ってきたものを今更戻すのはもっとマナー違反だろう。妹からの指摘にうまく返せなかったサトルは反論を諦め、パン、と手を鳴らす。

「じゃ、いただきます」

「いただきます」

ありすも深々とお辞儀をして、早速ケーキにとりかかった。苺の乗ったケーキを、小さな口にあわせてフォークで切り分け、はむ、と一口。ふんわりとしたスポンジ、しつこくないさっぱりした甘さのクリームに、苺の酸味がマッチして、美味しい。

ポンッ、と何かが爆ぜたような音がしたが、耳に入らない――。

「美味しい！　ね！　おにー……」

ケーキの山から顔を上げ、敬愛する兄に同意を求めようとしたありすだったが、視線の先に存在するはずの兄の姿はなく。

「あれ？　おにーちゃん……？」

ついさっきまでいたのに。

サトルの前に山と詰まれたケーキの皿は健在。ありすは周囲を見回す。

いない。

――あ。

ひょっとして、テーブルの下に潜って、ありすを驚かそうとしてるのかな？　もう。しょうがないおにーちゃんだなー。

テーブルの下を、覗きこむ。

いない。

急に不安になったありすは周囲を見回し、兄の姿がないのを確認して、顔面蒼白になり――。

にわかに響いた少女の泣き声に、店内は騒然となった。

サトルがいたシートには、サトルが着ていたコートと、包装に包まれたプレゼントのくまのぬいぐるみ。

それと、見覚えの無い、丁寧に編まれた星印柄のキルトのコースターがぽつんと置かれているだけだった。

第一章

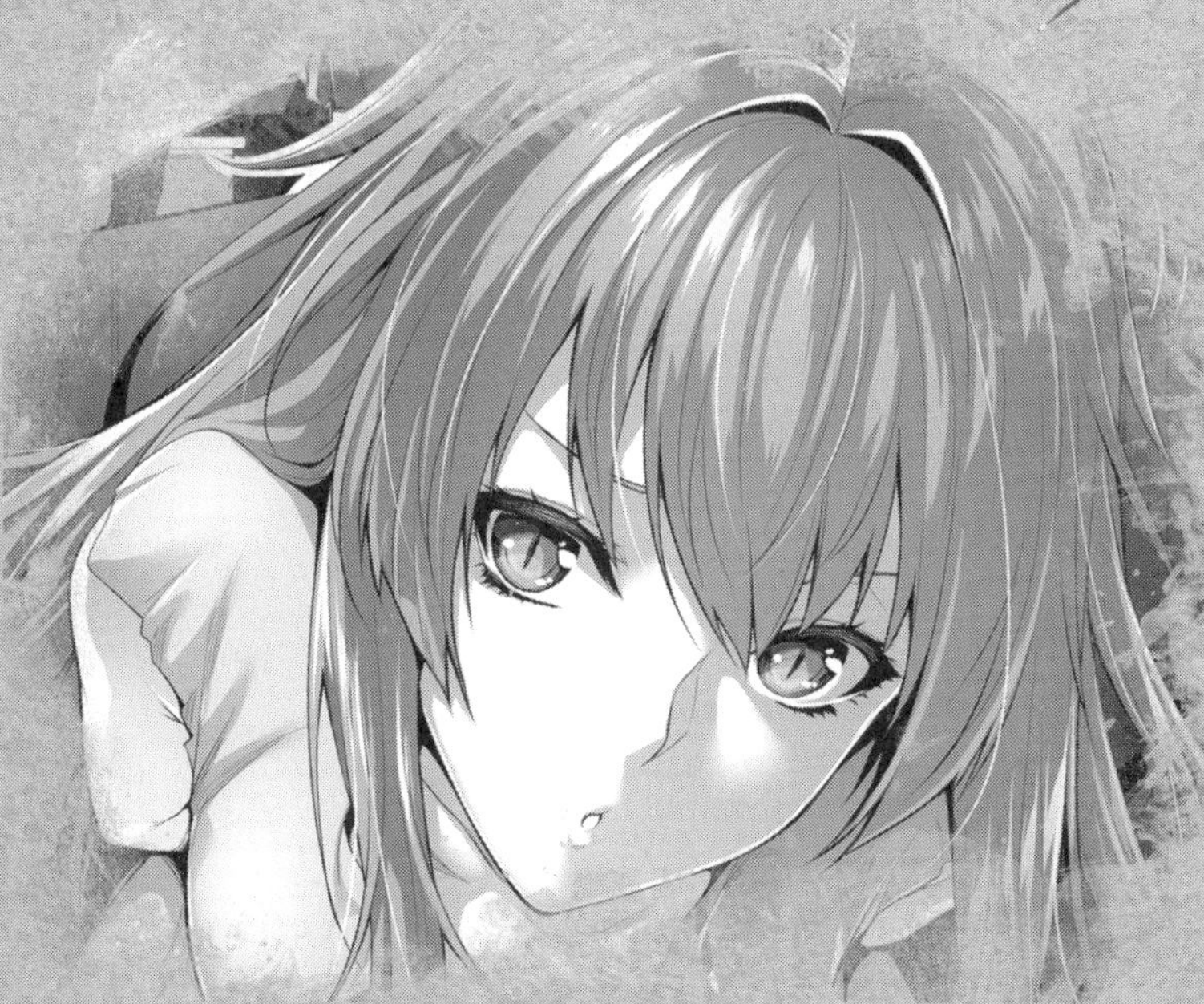

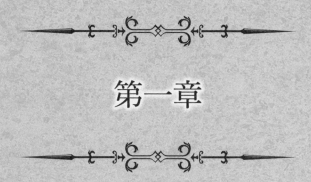

少女は二〇〇年と少しの間、待ち続けた。

（もうすぐ。もうすぐに、夢が叶う）

師として導いてくれた男が遺してくれた数多くの魔術書を読み漁っていて、みつけた禁忌の術法。

〝異世界召喚術〟

これだ、と思った。

代償となるのはいにしえの技術、魔力の塔、その核。幸い、少女のいた迷宮に核は存在していた。まるで始めからそうするだろうことを予測されていたかのように。

魔力を限界まで注ぎ込んでは瞑想して魔力を回復させて、ひたすらに注ぎ込む、そんな単調な作業を何度繰り返したろう。時折訪れる迷宮の攻略を目指す冒険者をあしらう以外はほぼそれに費やし。正確にどれほどの時が流れたのかもわからない間、成就を信じて魔力の塔の核に魔力を注ぎ続け、ついに半刻前、魔力の塔の核がその容量の限界を教えた。

少女がみたこともないほどに魔力の塔の核は薄い紫色の光を放っている。六角に形どられた薄いピンクの水晶柱から妖しい光が漏れるのをどれだけの間、待ち続けたことだろう。

そっと魔力の核を撫でた。艶やかな薄い紫色のハレーションが暗がりの迷宮の奥底で妖しく揺らめく。

言い知れぬ興奮が、少女を包み込んでいた。

達成感。

――ただ、これで終わりではない。本番は、むしろこれから。

達成感の感慨にいつまでも浸ってはいられない。少女は自ら両の頬をたたき、気合をいれ、そして気を静める。

――ここまで待ったのだ。失敗はできない。

ましてや、今となってはこの世にこれ一つしか遺されていないだろう健在な魔力の塔の核が、成否に拘《かかわ》らず代償として壊れてしまうのだから。

(失敗は、できない)

もう一度、心の中で決意の言葉を繰り返す。何度も、何度も深呼吸をした。体の隅々まで、ひとつひとつ細かいところまで、魔力の流れが制御できるのを確認する。大きく息を吸い込んで——覚悟を決めた。

「……いざ」

少女は長年の夢を結実させるべく、詠唱を開始した。

＊＊＊＊＊＊＊

そこは暗い空間だった。

辺りは暗闇ではあるが真の闇でもないらしく、うすらぼんやりと天井に壁や床が光っているのが辛うじて分かる。不思議なものだ。パッと見には、単なる岩肌だというのに。

にしても、広い。

高さ、奥行き、幅、いずれもちょっとした体育館ほどはあるだろうか。洞窟の奥とするには地面も壁も均されていて、いびつなのは天井部くらい。周囲が薄暗いから何処かの奥底なのは間違いない。

(なんだ？　何処だ？　ここ？)

ゆっくりと、サトルは意識を覚醒させる。

(さっきまで俺は、ありすと一緒にクリスマスを祝って、ケーキを食べようとしてたはず……？)

不意に視界の外、頭上から声がした。

「ほぅ……でっかい男じゃのぅ。おぉい、生きておるか？」

目を瞬かせる。

そこで初めてサトルは自分が広い空間の中央に誂《あつら》えられた石製の祭壇の様なものの上に仰向けで寝そべっていることを知覚した。頭がズキズキと痛む。体全体が妙な熱っぽさを訴えていて、手足が奇妙に重たい。

仕方なしに首だけ動かして、頭上に視線をやる。

時代がかった薄茶のマントに身を包んだ少女がサトルを見下ろしていた。

不気味なほどに青白い肌、上質の赤ワインのような色をした髪は背中の中ほどまで伸びているだろうか、ゆるくウェーブがかかっていて、豪奢な雰囲気を醸し出している。

なによりも印象的なのは、紅い瞳。髪の毛よりも光彩のハッキリした瞳には、意志の強さを感じる。

少女はサトルの反応を見。

溜め。

喜色を顔一杯に浮かべ、そして。

――爆発させた。

「やった！　さすが妾《わらわ》！　禁断と言われていた異世界召喚術がこうもうまくいくとはのぅ！」

大騒ぎしながらあっちこっち跳ねまわりつつ感情を爆発させている少女を、サトルは首だけを廻らせながら追う。

正直、現状がまだ理解できない。

ゆっくりと自分の体が馴染む感覚を得て、サトルはようやく半身を起こした。床に足を置いて祭壇のようなものに腰掛けたまま、目を閉じ頭を押さえて三度、頭を振る。まだ頭は鈍く痛みを発しているが、我慢できないほどでもない。鼻で二度、大きく深呼吸してから目を開くと、先ほどの少女がサトルの顔を覗き込ん

でいたことに気が付いて、サトルは軽く驚いた。

美少女だ。

サトルのストライクゾーンよりはほんの少し下だが、髪の毛と同じ紅の魅惑的な大きな瞳がサトルの目を捕らえて離さない。薄い紅ののったような唇はぷりんとしていて、青白い肌は少し不気味ではあるが、顔立ちは可愛らしく、アイドルとしても充分に通用するだろう。ただ、少し背が小さい。一五〇センチはないようにみえる。

しげしげとサトルの目を見つつ、少女はゆっくりと口を開いた。

「妾はレイア。レイア・レーウェンシュタット。そちの名は？」

「……サトル。笠原、サトル」

「サトルか。変わった名じゃの。ともあれ、良かった良かった。言葉もちゃんと通じておるようじゃしの」

反射的に答えたサトルに向かってレイアと名乗った少女はカラカラと笑いかけてきた。よく言えば邪気のない、悪く言えばあまりにも能天気な笑みに、サトルは小さくムッとする。こちらはいかんせん頭が痛く、思考がままならないのだ。ひどく現実感に欠けた現状に理解が追い付いていない。

（夢……にしては奇妙だ。それに、なんだ？　この頭の痛み）

サトルがムスッと黙り込んでいるのを斟酌《しんしゃく》することなく、レイアは至極サラリと言ってのけた。

「そなたはこの妾が〝異世界召喚〟の術で召喚した。光栄に思え？」

スゥッと真綿に水が滲み込むように、鈴を転がすようなレイアの可愛らしい声がサトルの脳に染み渡った。

（……あ？　異世界？　召喚？）

不意に。

カチリと思考のピースがはまった。

ここは異世界で。自分は目の前の少女に召喚されたのだと。〝術〟というからにはこの世界には魔法が存在している、ファンタジーでメルヘンな世界だと。

同時に現実を理解した。

脳裏によぎったのは最愛の妹、ありすが今おかれているだろう状況。

――目の前から急に俺がいなくなって、絶対に泣いている。

途端、サトルの中で怒りの炎が燃え上がった。

「……ふ」

「ふ？　なんじゃなんじゃ？」

「……ふ、ふざけるなぁぁぁぁぁっっっ!!」

「ひゃん！」

肺腑《はいふ》すべてを空っぽにせんばかりの大声に、レイアは思わず後ろにたたらを踏み、転んだ。M字になった下半身、その裾から下穿きがあらわになる――が、サトルの目にそんなものは映らない。

レイアは愚かにも転んだときに後頭部を床に打ちつけたらしく、後頭部を抑えつつこちらも怒りの表情で半身だけを起こして、抗議の声をあげようとし。

「ぶ、無礼も……ひっ！」

慄《おのの》いた。

ズンと地響きを立て、サトルは地面を踏みしめ、あられもない姿をみせるレイアを怒りの表情で見下ろす。

サトルの内心を去来しているのはただ、憤怒。生半可なことでは恐れを抱かないレイアも、そのあまりもの迫力に声が出ない。

(貴重なありすとのひと時を！　楽しみにしていたケーキを、目の前にして!!)

「光栄になんぞ思えるか！　俺様の楽しみを、てめぇは奪ったんだぞゴルぁぁ!?」

「にゃああああぁぁぁぁ!?」

サトルの怒号に背を向け、あたふたと四つんばいで逃げ出そうとするレイアの首根っこをサトルは容赦なく捕らえ、持ち上げた。レイアは小柄で細身とはいえ、人ひとりをたやすく腕力と握力だけで持ち上げられるわけはない——のだが、事実、サトルは少女を片手一本で軽々と持ち上げていた。

怒りにかられるサトルはその事実に気づかない。

「はっ、離せ！」

バタバタと暴れるレイアだが、握りこまれたサトルの右腕は万力のごとく、微動だにしない。

サトルは振り返りもせずに一歩下がり、先ほどまでいた祭壇に腰を下ろして自分の太ももにレイアをうつぶせで押さえつけた。

いわゆるオーバーザニー《Over The Knee》の姿勢。バサァとマントがめくられ、臀部《でんぶ》をあらわにされてレイアは慌てた。

「貴様っ！　何をす……っ!?」

パァン！

甲高い音が、部屋中に響き渡った。

臀部《でんぶ》を急に襲った衝撃にレイアは身を竦ませ、耳を赤く染めながら歯を食いしばっている。じんじんと臀部が痺れ、あっという間に赤く腫れ上がり、すぐ引いた。が、臀部を襲った衝撃と痺れはまだ少女に残っている。恥辱と怒りを覚え、涙目でサトルに振り返ったレイアの表情がすぐさま凍ったそれに変わった。

鬼や悪魔でさえ裸足で逃げ出すような凄みと、何かを伴う憤怒のサトルに声を失ったのだ。左手一本でおさえつけられた上半身はものすごい重みで、レイアは身動きが取れない。

異常だ。

明らかに異常なのだが、おびえきったレイアも、怒りに任せているサトルも気が付かない。フシュウ、とサトルは荒く息をついた。

「お前の！　身勝手な！　欲によって！　俺の！　幸せを！　邪魔した!!」

「そそそそそそ、それがなんだというんじゃや！」

ほんの少しの羞恥と、ほとんどを占めるおびえとに支配されたレイアの声は震えている。

一音一音はっきりとした区切りで宣告するサトルの声も、震えている――こちらは怒りのせいだが。

ヒュッと、サトルの右手が高々と振り上げられ。

「許されると思うか!?　わがままな悪い子には、罰を！　世の真理だ!!」

「そんな世の真理があるかああああ!!」

レイアの抗議の声はそのまま甲高い悲鳴に変わる。再びサトルが尻を手のひらで殴打したのだ。

スパンキングである。つづけさまにサトルは手を振り上げる。

「悪いっ！」

――パァン！

「ひっ！」

「ことをっ!!」

――パァン！

「ひゃあ！」

「したらっ！」

――パァン！

「痛いっ！」

「まずっ！」

——ピシィ！

「きゃい！」

「ごめんなさいだろうがぁぁぁ!!」

——パァァアン！

「痛あああああ!!」

最後の一発は今までのような手首を利かせた打撃ではなく、ガッチリと尻に叩き付けた。仄暗い迷宮の奥底に肌を打つ音が、重い衝撃がレイアの臀部《でんぶ》に響き渡る。レイアは押さえつけられた上半身をえびぞりにし、痛みと痺れに耐え切れずにぐったりと両腕を投げ出した。と、股座から少量の水分が飛び、サトルの人差し指を濡らす。少し気が晴れたか、怒りの気配が薄れたサトルは濡らされた自分の指を見やった。

「小便か……？」

瞬間、レイアの顔が羞恥で赤く染まる。

「ふっ、【不死の王】は、排泄行為などせぬわ！」

「ふん？　なら、潮か。お前、ドMか？」

ベロリと自らの指を舐め上げたサトルを見、レイアは羞恥のあまり顔どころか首筋まで赤く染めて不意に暴れだした。

「舐めるなぁ……ひぎっ！」

レイアの抗議の声は再び響いた甲高い乾いた音にかき消された。広い空間に肌を打擲《ちょうちゃく》する音が響き渡る。

「まだ謝ってないぞっ！」

ビシッ、ビシッ、ビシッと三発、立て続けにレイアの尻を張る。すでにレイアの尻は真っ赤に腫れ上がっていて、痛々しいほどだ。

「すまぬ！　申し訳ないぃ！　ごめんなさいごめんなさいごめんなさぃぃぃぃぃぃっっ!!」

恥も外聞もかなぐり捨てたレイアの悲鳴にサトルは大きく頷くと、ひときわ高く右腕を振り上げた。

「よしっ！」

最後に一発。容赦のない張り手がレイアの臀部に振り下ろされ。

「きゃああああああ!!」

柔らかいものを叩く気持ちいいくらいのいい音とレイアの甲高い悲鳴が部屋中に響き渡り、こだました。

残響音がしばらく響き渡り、ゆっくりと消えうせる。部屋に残る音は少女の嗚咽の声と、青年の荒い息——。

「ううぅぅぅ……」

ようやくオーバーザニー《Over The Knee》から解放されたレイアは臀部の痛みに腰を下ろすこともままならず、尻を突き出した態勢で尺取虫のごとく、床に突っ伏して嗚咽をあげていた。解放された際の衝撃で丈の短いスカートは本来の機能を取り戻して、レイアの腫れ上がった尻を隠してくれている。

哀れな少女を冷めた表情で見下ろしつつ、サトルは声を投げつけた。

「反省したか？」

「……しましたぁ」

「俺は被害者で、お前は加害者。わかってるか？」

「わかってますぅ……って！」

先刻までの無様な姿勢は何処へやら。目端に涙を浮かべつつレイアは態勢を即座に立て直すと、瞬く間にサトルとの間に五メートルほどの距離をとった。ビシッとサトルに指を突きつけ、反省していた態度から一転、悔しげな表情の中に毅然とした態度で堂々と言い放つ。

「貴様っ！　よくも妾に恥をかかせてくれたなっ！」

ピクンとサトルの肩が反応し、再び怒りのオーラが立ち上がった。あれだけ尻をたたかれ、無様に許しを乞うたのに、この態度の変わりよう。反省の色は欠片もみられない。これはもう一度、折檻が必要だ。

「ま〜だ〜わかってないようだな〜〜……」

ユラリと立ち上がったサトルに、レイアは強気にもフフン、と笑ってみせた。

(さっきは急なことに驚いただけ。ちゃんと距離をとれば、妾の勝ちじゃわ！)

心の中で快哉をあげ、ブツブツと口の中で呪いを紡いだレイアは自らの恥辱を雪《そそ》ぐべく、両手を高く振りかざし、自らの持つ中でも上級の術を行使した。

「〝灼熱獄道《フレイムロード》〟！」

瞬間、サトルの周囲にきな臭い匂いがしたかと思いきや、ゴウッという爆音と共に三メートルほどの炎が立ち上った。

「おぅわっ！」

さすがにサトルは驚いてのけぞる。が。次の瞬間には別のことに驚く。

(――熱く、ない……？)

床は高温に熔けたのだろう、薄く煮えたぎったマグマと化している。マグマが発する高温が原因か、若干の距離をおいているレイアが多少揺らいで見える。サトルの足元も地盤が柔らかくなっているようで、泥田に立っているかのようにズブズブと沈む。

が、熱さはほとんど感じない。ズボンも靴も変化はない。ファンヒーターを前に、距離を少し取って相対している程度の変化しか感じないのだ。

「へぇ〜……すげぇな。３Ｄ……」

サトルはまず幻影を疑った。３Ｄの映写装置を駆使すれば、足元の柔らかさはともかく、映像は再現可能に思ったから。だがしかし。

「ってわけでもないみてぇだな」

サトルの斜め後ろで、立ち上がった熱気で引火したのだろう、祭壇にこびりついていた苔《こけ》が燃え上がり、焦げた匂いを発していた。３Ｄ映写装置を駆使すれば映像は再現できるだろうが、匂いまでは無理だ。

「なんじゃと!?　なぜ効かぬ!!」

レイアの声色に狼狽が混じる。

「知るかよ」

サトルはごく軽く肩を竦めた。なんでと問われても、サトルも答えを知らないのだから、回答しようもない。

「ぬぅっ……ならば、これでどうじゃ!!　〝炎空斬《ファイアカッター》〟!!」

炎に包まれたレイアの身長半分ほどの大きな弧月型の刃が四つ、レイアの周囲に顕れるや否や、サトルに向かって信じられないような速度で飛んできた。かわせない、と瞬時に判断したサトルは反射的に腕を交差に組んで腰を落とし、防御の体勢を取る。

しかし、サトルが覚悟した衝撃は一向に訪れなかった。サトルに直撃する直前、放たれた四つの刃は弾かれたようにその方向を変えたからだ。目的に命中し損ねた四つの刃は岩壁に突き刺さって岩を砕く。大した威力だ。しかし。

――なんだか知らねーが、効かないらしい。

サトルは交差した腕をほどくと、首をコキコキと鳴らした。無傷のサトルの姿を認め、レイアの表情が会心のそれから絶望に変わる。〝灼熱獄道〟の影響がいまだ残っており、炎が立ち込める中をサトルは一歩一歩何事もなく踏みしめ、硬く拳を握り締めながら、レイアの前に立ちはだかった。

レイアの表情は、おびえ。彼女の持つ魔術を否定した目の前の異質な存在に体が震える。カタカタと、歯の根があわない。

「……一応な。女を殴る趣味は持ち合わせてねぇんだ」

悪いことをしたなら、しつけとして必要となる暴力まではサトルは否定していない。ただ、力の差に任せた理不尽な暴力で相手を服従させる行為は、最低だ。身勝手にも子供たちを残して死んだ父親の遺した数少ない忠言をサトルは幼いころから守っていた。男に比べて弱い女性は、守るべきもの。

「だがな」

身体を斜《はす》に構え、拳を握り締めてレイアを見下ろすサトルに、オーラが立ち上った。本人は気がついていないが、立ち上ったとんでもない闘気にレイアは竦むばかり。

「喧嘩を売ろうってんなら、男も女も関係ねぇ！　そこまで俺は甘かぁねぇぞ!!」

サトルの怒声にレイアは言葉を返せず、腰を抜かしてしまった。あまりもの恐怖に声が出ないのだ。

圧倒的な力、存在感。この世でかなり上位の力を有するはずの不死の王は、自らを凌駕する獣にすっかりのまれている。恐らく一般人ならその気にあてられただけで失神してしまうだろう圧倒的な気。幸い、排泄能力がないから問題にはならなかったが、もしその機能が残っていたなら、漏らしてしまっていたであろう。

「……まだ、邪魔するか？」

ゆらゆらと立ち上る闘気の濃さにおびえつつ、レイアは激しく首を左右に振った。

――なにゆえかはわからないが、魔術が通用しなかった。であれば、レイアに勝ち目はほぼない。そのことを立ち上がるサトルのオーラが教えてくれる。虎に睨まれた兎のように震えるレイアに、サトルは怒りのレベルを抑えていく。立ち上がっていたオーラが少しずつ小さくなって、やがて消えた。

「フン、ならいい」

それだけを吐き捨て、握り締めていた拳を緩ませるとサトルは振り返った。一顧だにせず、部屋の出口を目指す。

「ま、待て」

一五歩ほど歩いたところで、後ろからかけられた声にサトルは足を止めて、半身で振り返った。その目にはまだ怒りの炎が揺らめいていて、レイアに無言の威圧感を与える。あまりもの恐怖におびえ、唾を飲み込みながら震える声でレイアは問うた。

「何処へ行く気じゃ」

「決まってんだろ……元の世界に帰る」

「あてはあるのかや」

「んなもんあるかよ」

何も知らされず、何も分からぬまま異世界に飛ばされてきたのだ。あてなどあろうはずがない。ただ、だからといって帰るという選択肢を諦めるつもりは毛頭ない。どんなことをしてでも、たとえ何年かかろうとも、元の世界に帰る手段を探し、帰る。まだありすには自分が必要なのだ。年端もいかぬ唯一の肉親なのだから。

幸い、ありすがいるのは児童養護施設だから、サトルがいなくなっても追い出されるなどの心配はない。が、だからといって無視していい問題ではないのだ。唯一の肉親が目前で不意に消えうせた幼いありすは悲しみにくれているだろう。将来を思えば苦労するだろうことも間違いなく。

そんな思いは、させたくない。

レイアはサトルの視線におびえながらも、迷ったような表情みせていた。やがて、訥々《とつとつ》と口を開く。

「……お主を召喚した術は、妾の師にあたるお方が残した、禁忌の術でな。つまりは」

「お前の師匠さんとやらなら、〝送還〟の術を知っている可能性がある、と？」

「そうじゃ」

サトルの気が少し緩んだのを感じ取って余裕が出たか、話が早い、とばかりにレイアは少し胸を張った。小ぶりだが形の良い胸だ。

そもそも召喚をしたのは彼女なのだから送還する術も持ち合わせて然るべきなのだが、そこにレイアは言及しない。恐らく彼女一人ではできないなど、何か条件があるのだろうと見当をつける。

「お主を召喚したは妾の責。そこで、というのもおかしな話じゃが、手伝おう……否、手伝わせてくれ」

一見真摯な態度だし、口調も真面目なのだが、サトルはレイアにどこかできな臭さを感じていた。詐欺師とまでは言わないが、セールストークを懸命にする営業マンのような空々しさ。

「条件は」

探るように相手の出方を窺う。レイアはこれみよがしに安堵の息をついた。

「特に何も。ただ、この迷宮を出るにあたって、とある術が必要になる。……何も難しいことはない。お主は妾の問いに『承諾』と答えてくれれば良いだけじゃ」

サトルは黙考する。術とやらがとにもかくにも怪しい。レイアも詳しく話すのを避けているようにも思う。が、そもそもサトルは術そのものの成り立ちなどがさっぱりわからないのだから、そこいらの恐らくはしち面倒な説明を省いただけとも取れる。

どうしたものか。

勘に従うなら、やめておいたほうがいい——サトルの勘はそう告げている。折檻で謝罪の言葉を吐き出したにも拘《かかわ》らず、すぐあとには翻《ひるがえ》って効果がなかったとはいえ攻撃してくるような、サトルの嫌う打算の過ぎる女だ。見た目は美少女だが、信じるのは危険が過ぎる。

　――だが。

「……いいだろう」

　サトルはそう返していた。サトルの信念でもちろん罰はきっちり与えるが、二度は見逃す、というものがある。ただし三度目はない。見放すし、見捨てる。サトルは正義感がとみに強い男ではあるが、それをいいことに利用しようとすりよる輩も存在していた。結果として斯様《かよう》な信念を持つに至ったのだし、打算の過ぎる輩《やから》が大嫌いになったのだ。その代わり、一度自分の心のテリトリーの中に受け入れるとそう簡単なことでは見捨てない誠実さも持ちあわせている。

　レイアがサトルを裏切ったのは謝罪しておきながら直後に翻《ひるがえ》った一回だ。こちらの世に勝手に召喚をしたことも罪ではあるが、サトルの中では巻き込まれただけのこととカウントされている。もちろんここで裏切るようなら尻叩き程度の折檻で済ます気もない。それに、命までとるような気配はないとサトルは感じていた。ある程度の回数修羅場をくぐった人間だからこそ感じ取れる嗅覚のようなものだ。

「名は、サトルカサハラ？　それともカサハラサトル？」

　多少機嫌よくなったか、少し軽くなった声のトーンでの問いにサトルは首を捻った。アジア圏にみられる姓が先にくるのが正しいのか、レイアのように名が先のが正しいのか迷ったからだ。まあ素直に自分のいい慣れている方を選ぶ。

「カサハラサトルだ」

　サトルの返答に頷いて、緊張した面持ちでサトルに歩み寄るレイア。指呼の間まできて、ふぅ、と息をひとつ。

「では」

目を閉じ、右手をサトルに向けたレイア。風もないのにふわりとレイアのマントが浮き上がり、術式に入ったのだろう気配が伝わる。

「『其は【不死の王】レイア・レーウェンシュタット。

其は【異世界よりの来訪者】カサハラサトル。

ミゲルフィの名の元、古からの法に従いて、……の契りを約せんとす。

術者レイア・レーウェンシュタットに否やはあらじ。

カサハラサトル、否やは』」

「『承諾』」

朗々と歌い上げるようなレイアの術はいかにも術らしく、声にエコーがかかっている。そのせいか聞き取りづらい箇所があったのだが、サトルは現地言語なのかなと流して、言われたとおりイントネーションに注意しつつ、『承諾』と返した。レイアは伸ばした手の先、鋭く伸びた親指の爪を、自らの人差し指の腹につぷりと刺す。ぷくりと血が玉となって人差し指に浮かんだ。普通にその色は赤い。

「『契約はなった。術者レイアの血をもって証とす』」

サトルは自分の体の中で、何かが蠢くのを感じた。別断、不快な感じはしない。そういえば頭痛もいつの間にか治まっている。

「〝隷属《パースンスレイヴ》〟」

パチュンと小さな、何かがはじける音がした。レイアの左手の甲に煙が立ち上っている。ふふんと得意満面な彼女だったが、自らの手の甲に紋が浮いているのを見、愕然となった。

「えっ!?　えええぇっ!?　えっえっ？　なぜ、なぜじゃ？　なにゆえ妾のほうが奴隷になってるのじゃっ!?」

（……奴隷つったか!?　ちょっと待てよオイ!?）

洒落にならない言葉を咀嚼し、理解した瞬間、ズワリとサトルの体からとんでもない量の怒りのオーラが立ち上った。

「術式間違えるわけもなし、ぇぇとぇぇと、あー、そもそも奴隷の側が術式解除できるわけもなし、えーと」

ふっ、と慌てているレイアに陰がさした。

——そういえばもう一人、当事者が、いた。レイアはそのことを今更ながら思い出し、恐る恐る振り返る。

嫌な予感は的中。狙いは彼女。涙目で見上げたその先には、有り得ないほどの憤怒を全身に纏った大男がいた。

「ほぉぉぉ〜〜……。身勝手に召喚して。一方的に喧嘩を売って。あまつさえ、この世の常識に疎い俺様を騙そうとした、と。……そういうことだなぁぁ？」

「ひ……あ、あははは……」

ああ、ダメだ。

瞬間、レイアは悟った。奴隷化云々以前の問題。

——この男には、絶対に勝てない。

本能がそう囁いていた。

＊　＊　＊　＊　＊　＊

「どうしてくれようかコイツ」

サトルの口調は落ち着いているが、それと分かるほどにヒシヒシと怒りが伝わってくる。それも当然だろう。楽しみにしていた時間を無視して、身勝手に召喚しておいて。一方的に喧嘩を売っておいて、あまつさえ負けを認めながら言葉巧みに騙そうとしたのだから。三度の無礼を許すほどサトルも甘くない。まして場合によっては命にも関わるようなことなのだから。

「ひ……」

レイアはサトルが放つ怒りのオーラに腰を抜かしていた。これまで感じたことのない、とんでもない圧力。蛇に睨まれた蛙、狼に睨まれた小兎、竜に睨まれた人間――いや、どれも不適格だろう。そんなレベルでは言い表せない絶対の恐怖に、後ずさりから慌てて逃げ出す。それしか生きる道はない――しかしレイアの望みは叶わなかった。捕食者と化したサトルは無慈悲にも逃げようとしたレイアの右足を掴み、一気に手元に引っこ抜いて。

「……っ！」

レイアの両腕を右手一本で押さえ込むと、サトルはそのまま流れるように押し倒した。片手で押さえつけられた両の手首が鈍い痛みを発している。レイアの表情の主成分は、おびえ。このまま腹に腕を突っ込まれ、内臓を噛みちぎられるのでは――肉食獣におさえつけられた草食動物の心境も及びもつかないほどの恐ろしさだろう。

長衣の下はタンクトップのような上着。やや控えめな、しかし形のいい胸が少しだけ上着を持ち上げている。くびれたウェスト、お臍《へそ》は丸出し。下は巻きスカートだろうか、ここも小ぶり。それにしても丈が短い。際どいスリットの下穿きがチラリとみえていた。長衣の前は閉じられていなかったから、押し倒された衝撃で曝《さら》された美少女の扇情的な格好がサトルの目に映る。

飛び切りの好餌。サトルは我慢することを放棄した。左腕一本で器用に上半身の服を脱ぎ、最後の右腕の部分は左腕でレイアの腕を押さえ直して、文字どおり脱ぎ捨てて、一言。

「ヤるぞ」

三秒の沈黙。思考シナプスが繋がり、サトルの言葉の意味を吟味し、理解して、サッとレイアの顔色が変わる。

「ちょ……まままま、待って待って待って〜〜！　わっ、妾は、初めてなんじゃあああぁぁ！」

「嘘つけ。そんなヤラしい格好してよく言う。そう何度も騙されねーぞ」

左腕は暴れるレイアの両腕を押さえつけていて、右手を細い腰に回して押さえ込んだサトルは遠慮なく舌で首筋から鎖骨、胸元へと唇を這わした。

「ひうっ」

身を強張らせるレイア。甘い悲鳴を自らがあげたことに驚いて、次の瞬間には顔を赤く染める。おぞましさとは違う感覚が自らのうちから湧き出ることに驚く。

「いい反応するじゃねーか」

恥ずかしさのあまりにレイアの青白い肌にほんのり朱が混じる。鼻腔を突く蠱惑的な甘い香りに、思わずサトルは首筋に顔を埋めたまま、大きく鼻で息を吸い込んだ。

「ひゃ……ひゃあああぁぁぁ……か、嗅ぐなぁぁ……」

ピクンピクンと小さな体がサトルの中で跳ねた。反抗的な態度はすでに弱くなり、吐息にも甘いものが混じっている。汗が白い首筋につたうのをみたサトルは、つぃ、と舌で掬《すく》い取った。

「ひぅんっ」

大きく跳ねる。

「いい感度だ」

「ち、違……んむぅ」

反論は物理的に塞がれた。唇が重ねられる。三秒ほど間隔を空けて、一旦離れ、もう一度。

「んんっ！」

口内に侵入してきた舌はゆっくりとねぶるようにレイアの歯を撫ぜる。それと同時に服の脇から胸元に手を這わされ、レイアは呻いた。感じたことのない白く甘い痺れるような感覚が体の奥底からもやもやと湧いてくる。胸元の刺激と長いディープキスの同時攻撃に脳を痺れさせ、レイアの抵抗は崩れた。侵入を拒んでいた歯の力が抜ける、と同時にヌルリと舌が入ってくる。

「んふっ、んんっ、んっ、んー、んっ」

一方的に舌をなぶられる感覚、控えめな柔肉を弄ばれて、少しずつその先端が主張しだすのを感じる。

「ぷはっ、はぁ、きゃん！」

長い口腔への攻撃が終わり、ようやく息をついだかと思いきや、尖った先端を摘まれて想像だにしなかった声が出、レイアは羞恥に頬を染めた。

「だっ、はぁ、だいたい、先刻も思うたが、はぅ、なんで、お主は、妾にっ、触れてぇ、平気なのじゃぁ」

「知らねーよ」

「ひんっ」

ピンと尖った乳首を指で弾くと、レイアは甘い悲鳴を返した。その反応にニヤリ、とサトルが悪魔的に笑む。

（あぁ、だめだ。これは、逃がしてもらえぬ……）

熱を帯びた劣情の興奮と同時に支配されるという肺腑《はいふ》を握られたような恐怖感を覚え、言いようもないゾクゾクとした感情が芽生えたのをレイアは確かに感じた。レイアの両腕は解放されていたが、もう抗う気がおきない。最初に拘束された状態のまま、だらんと上に力なくあるだけだ。荒く息をつき、涙目で恥辱と快感とに頬を赤く染めた青白い肌の美少女は、なすがまま。

ショートのタンクトップのような上着はずらされ、片方だけ胸が露出している。あまり大きくはない青白い膨らみの中にぽかりと主張するピンク色の乳首がとてつもなく綺麗なコントラストを描いていて、サトルは見惚れている自分に気づかぬまま、生唾をゴクリと飲み込んだ。

サトルは童貞ではない。が、これまで抱いた数少ない女性遍歴の中でもぶっちぎりのトップクラスの肢体に言い知れぬ高ぶりと支配欲も覚えて、サトルはゾクリとした。サトルの攻撃が止まったことにレイアは疑問と少しの寂しさを感じて、自分を捕食しようとしている狩猟者をチラリと見——視線が合った。途端、羞恥で頬が染まる。

「はぁっ！」

いきなり、ぷくりと膨らんだピンク色の果実を吸われ、レイアはたまらず嬌声をあげた。一瞬後にはそんな自分を恥じ、自分の左の人差し指を食んで声を堪える。サトルの攻撃はやまない。左の手で右の胸を下から大きくもみあげられ、固くしこった部分を掌で転がされる。

「ふっ、んっ、んんんっ、んあっ」

舌で転がされた乳首はこれ以上ないといわんばかりに固く勃起していた。青白い肌に朱が差し込む。と。

「ひゃあっ！　そ、そこは……！」

短い巻きスカートの下から下穿きのスリットを撫で上げられ、レイアは困惑した。濡れているのが自分でも分かる。乳首から口を離したサトルが嬉しそうに笑んだ。

「大洪水じゃねぇか」

つぷり。

「〜〜〜〜〜〜!!」

下穿きの脇から自分の膣の入口に入ってきた指の感触に、レイアは声にならない悲鳴を上げた。あっさりと飲み込んでしまったことが信じられない。生まれて始めて感じる性的快感。ただ、なぜか嫌悪感はない。くすぐったいような、ムズムズする奇妙な感覚がじわじわといじられている秘所から立ち上っていく。

「あっ、やっ、そっ、んはっ、ひ、ああ、ん、きゅっ」

クチュクチュと入口をかき回され、レイアは甘い声をあげた。大きな声を上げるのが恥ずかしいのか、声を我慢して、それでも我慢しきれずに嬌声をあげる姿がそそる。淫靡に濡れた秘所はすっかり準備万端と言わんばかりに愛液を奥から流し続けている。

サトルは右手人差し指で膣をかき回しつつ、左手で器用にベルトを外し、ズボンを引き下ろした。ズボンの中で圧迫されていた逸物が解放され、ミチミチと擬音がしそうな程に硬くそそりかえったそれをレイアの膣口にあてがう。

恐怖しつつも、レイアは、覚悟していた。覆い被さる大男に、最後の願いを口にする。

「せめて……せめて、優しくしてはくれぬか……」

「指図できる立場か？」

抵抗むなしく無情にもサトルの怒張はレイアの中に吸い込まれ――そのまま一気に突き込まれた。

「ひぃっっ!!」

――ぷつん。

何かをちぎったような感覚がサトルの陰茎を通して伝わる。怒張は全部埋まっていない。が、レイアの膣はぴったりとサトルの怒張を包みこんでいてこれ以上奥はない感触がある。レイアの体の大きさを考えたらこれで限界なのだろう。サトルの怒張のサイズは現代日本人の平均程度。気持ち細いのかもな、とは自覚している。それでもギッチギチに埋め込まれたレイアの膣はサトルの怒張以外の余地がない。全体でサトルのサイズを覚えこまんとばかりに収縮を繰り返している。身体全体は正直冷たいのだが、膣は熱いほどではないにせよちゃんと温かい。

何かを引きちぎったような感覚に驚き——すぐに別の驚きがサトルを襲った。

「お……おおぉ？」

サトルは戸惑った声を上げた。一気に突きこんだ自分の陰茎の中ほどを包み込むように、何かがわやわやとくすぐっている。

「こ、コイツはっ⁉　みみず千匹ってヤツかっ⁉」

「な……なんじゃやそれ、は……。か、ひゅっ……いっ、痛い痛い痛いぃぃぃぃっ……動くなぁ……」

「動いてねぇっ！」

レイアは初めて自分の肉体を貫く痛みに耐えれなかった。下腹部に走る激痛。自分の体の中が書き変わっていく、自分の意図しないところで、自分の体が蠢いている。動いてない——そう返されて、レイアは短く呼吸をしつつなんとか堪えて、自分の現状を確認した。狼藉モノは、動いていない。それはわかった。でも、蠢いている。自分だ。自分の体の中が、動いているんだ——。それがわかった。

初めて感じる体の芯を貫く焼け付くような痛みとは別に、自分の胎内を犯す灼熱の棒が下半身全体に温かみをくれる。

「はっ、はっ、はっ……あ、あつぅ…い……痛いぃ……んふぅ」

短く呼吸をしながら迸《ほとばし》った思わぬ甘い声に自分でも驚いて、レイアは思わず口をつぐんだ。痛みは一向に消えない。膣内で何かが蠢く感触も消えない。ただ、その感触が痛みと共にどこか小さく快楽を呼んでいることに気づいて、レイアは小さくイヤイヤと頭を振った。目尻には涙が浮いている。

そっとサトルが目尻の涙を舐めた。思ってもみなかった対応にレイアはピクンと小さく跳ね、恐る恐る自分を貫いた忌まわしい男を見上げる。サトルの表情に気遣うソレが浮かんでいた。鬼畜だと思っていた男の思わぬ心配りに、じんわりと温かい感情がレイアの心に染み込む。

「……悪い。本当に、処女だとは思わなくてな」

（……あぁ、そうか）

自分はこの男に嘘ばかりついていた。だから言葉が信じられないのも当然だ。これは、嘘ばかりついていた自分に対する罰なのだ。ストンと、腑に落ちた。

〝隷属〟は成立してしまった。つまり、この男が解放してくれぬ限り死ぬまで、自分はこの男の奴隷なのだ。これまでの生を思えば短い間ではあるだろうが、この余興を受け入れよう。そう思えた。痛みや感触はまだ内側からむしばむようにあって、簡単に消えない。が、我慢できないほどでもなくなっていた。

「それ、は……はっ…わ、妾のセイじゃ。妾が、ぃ、今までに撒いた、嘘のセイ、じゃから……じゃ、じゃから、コレはぁ、ぁ、ば、罰なのじゃ」

サトルは口の端をあげて笑った。よくよく見れば額に汗が浮いている。口は悪い。粗暴で、鬼畜で、みてくれも変わっていて、デカくて、どうしようもない奴なのに。

優しい。気遣ってくれているのだ。じんわりと心に染みた『我が主様』の心遣いに、せめてもの意地で返す。

「じゃから……っ……主様の好きにっ、ふ……し、して、か、構わんぞ……」

ふ、とサトルの顔が綻んだ。返答は、脈動。

「ふわあぁぁあっ……！」

腹の中で跳ねた逸物《いちもつ》にレイアは素直な嬌声をあげた。レイアの対応に小さく笑んで、髪を撫でる。

「大丈夫そうだな。正直、お前の名器に、こっちも我慢の限界なんでな……動くぞ。どうしてもダメそうなら言え」

ぐっと奥に突き入れる形で、サトルは抽送を開始した。

「んううぅぅっ……あっ……ひ……んんっ……ぅぅ……あぁ」

全身がバラバラになるような衝撃が身体を走りぬけ、その青白い身体をブルブルと震わせるレイア。

眉根はこれ以上なく寄っている。明らかに痛みを我慢している表情だが、それでも彼女は決して「痛い」と言わない。言えばサトルはやめてしまうだろう。それがわかっているから、これは罰なのだから。やめさせてはいけない。

「あああ……あ、く、お、奥っ！　奥にあた、ひうっ！　んはっ！」

亀頭が、コツコツと子宮口の入り口に当たるのがわかる。イヤイヤと頭をふりながら、恐らく生まれて初めてだろう襲い来る快感に酔いながらも使命感で痛みを堪えるレイアの様子に、サトルは強い嗜虐《しぎゃく》感を覚えた。

「ぐっ、ぐ……ぅぅ、あああ、いっ、ぉ、奥、感じ、あぁぁあっっ！」

グリグリと奥に捻じ込んだまま子宮口をいじってやると、声に甘い香りが入る。体を引き裂かれんばかりの痛みとは別にあがってくる衝動。奥を堪能したサトルは、レイアの膣内深めに陣取ったまま抽送を再開する。

「うっ、や、ひ、あああっ、あン、あっ、かべぇ、なんかぁっ！　おか、しいっ！」

奥にあたるたびにビクンビクンとレイアの小さな体が跳ねる。角度を変え膣壁を擦ってやると、頭を左右にふりながら悶える。まだ青くて硬さの残る粘膜がキュウと収縮した。サトルの怒張を全体でキリキリと締め上げると同時に自分の陰茎の一部を包み込む触手の様にくすぐる蠕動《ぜんどう》は、思ったより早く射精の欲求を呼び込む。

「くそっ……悔しいが、イっち…まいそうだ……」

「は、な、中で……あんッ、構わん……こっ、くっ、どうせっ、子は、はぁ、できぬしっ」

思わぬ返答に半分ほど突き刺さった状態で、サトルは抽送を止めた。せりあがってくる射精感を必死に堪えながら言葉にならぬ思いでそっとレイアの頬を撫でる。レイアはサトルの気遣いに潤んだ瞳でサトルを見上げながら、そっと撫でてくれた手に自らの手を重ね、頬ずりをする。

「主様に、〝隷属〟した、身じゃ……んぅ……どうせ、妾は、主様に、逆らうことが、できぬ……」

息も切れ切れに、痛みに耐えつつも快楽の気配を漂わせるレイアの顔は紛れもなく、女。もう少女のそれではない。何処となく漂わせていた高貴な気配を残しつつ、少女から女へと脱皮をしたのがサトルにも分かる。主の手に頬ずりするようにと重ねていた手を離し、主の頬をそっと撫でた。はぁ、と息をついて。

「もう、妾は、主様のものじゃ……どうせなら…はぁ……妾を、ンッ、主様の色で、染めてたも……」

――ドクン。

涙に濡れたレイアの要求にサトルの心臓は跳ねた。いいようのない征服感。額に流れる汗もそのままにニヤリと笑い。

「――覚悟しろ」

頬を撫でていた手を肩に回し、逃れられないように押さえつけたうえで――一気に腰を奥へと送りこんだ。

「ん、はあぁぁぁっっっっ！」

奥に突き入れられた衝撃に肢体がビクンと跳ねる。が、肩をおさえられているから逃れられない。

「ひっ、あ、んっ、ひゃ、ああ、ああああ、んあぁぁぁぁ、い、うあっ！」

ズンズンとこれまでにない激しい動きに、レイアは堪えきれずに声を洩した。生まれて初めて感じる女としての悦びに、頭が真っ白に染められていく。

「や、えあっ、ひん、ああ、あっ、あうぅ、んわ、ううぅぁ、ああああ」

形の良い、大きくもなく小さくもない乳房がフルフルと突き入れられるたびに揺れる。凄まじいエロさだ。

「いっ、ひっ、んんっ、んうっ、あぁぁっ！」

ニチャニチャという粘液の擦れる音。サトルの荒い息。レイアの嬌声。腰を打ち付ける音が暗がりの部屋に響き渡る。何も考えられない。ググッ、と膣の奥が広げられる。

「おっ、奥っ！　あっ、ダメッ、あっ、あぁぁっ！」

コツコツと自らの奥を突かれるたびに、言いようのない興奮が襲う。痛みはあるのだが、それ以上に狂わせる何か。

「ああっ、いっ、あんっ、あぅぅぅ、ふか、いっ！」

自らの奥底、眠っていた何かが呼び起こされる感覚。汗で湿った髪がペタリと肌に絡みついている。知らず知らずレイアはサトルの首にしがみついていた。唇に軽いキス。次の瞬間には自ら首を抱き寄せて舌を自ら差し入れ、唾液を貪る。初めての悦びにレイアは戸惑いつつも、欲望に従順に従う。

「んんっ、んんぅっ、ん、んっ、んんんんっ、んんんんんんんっっ」

くぐもった自らの声が艶を増していくのが分かる。征服され、自らが書き換えられていく感覚。抗えない。だから、抗わない。

「ぷはっ、はっ、はっ、はっ、ひ、んぅ」

唇が離れる。唾液がつぅっと口元を伝う。涙目で自らを支配している男を見上げた。興奮しているのがハッキリと伝わる。

感じてくれているんだ――。それはわかった。

嬉しい――嬉しい？　なに、これ？　気持ちいい？

「い、いいっ！」

思わず声に出た。

（コレ、妾の声か――？）

そんな疑問が一瞬だけよぎって。不意にギュッと抱きしめられた。全身が温もりに包まれる心地よさに、しがみつく腕の強さも強まる。抽送は止まらない。激しさを増していく。

「イクぞ」

ボソリ耳元で囁かれ、レイアの中でいいようのない気持ちが湧き上がった。

「んっ、んんんんっ！　あああああああぁぁっ！」

コクコクと頷くだけで喚く。言葉にならない。自らの膣を埋めている怒張が、ハッキリ膨らむのがわかった。

――次の瞬間。

自らの体の奥底で、怒張が弾けた。

「んんんんんぅぅぅぅぅっっっ!!」

熱い。熱い熱い熱い。機能していないはずの子宮に注がれる初めての感覚はレイアをして狂わせるほどのもの。レイアは我慢しきれずに、サトルの肩に噛み付いた。愛咬《あいこう》。

射精が止まらない。熱い精子が子宮の奥を叩くその度に、レイアの小さな身体も跳ねる。息が苦しい。永劫とも思えた時間も、膣の中での脈動が時折小さく跳ねる程度に落ち着いて、終わりを迎えたことを知る。

「はぁ、はぁ、はぁ、は、ふ……はぁ……はぁ、はぁ……」

レイアは息も絶え絶えに甘い余韻に浸っていた。サトルも荒く息をついている。ガッチリと抱き合っていた体が、少し離れた。

(……あ)

寂しい。素直にそう思った。が、次の瞬間、額に優しいキス。額を中心にじんわりと広がる温もりに陶然としながら、うっすらと瞳を開く。ゼェゼェと荒い息をはいて自らを見下ろす、我が主様がそこにいた。

(……ああ)

言い知れぬ感覚がじんわりと胸の中に染み入る。支配された、征服された悦び。生まれて初めて感じる感覚に、レイアは酔っていた。

「んう」

ズルリと逸物が引き抜かれ、空虚感が下半身を覆う。荒い息をはいて射精の快感に酔っていたサトルは、組み敷いている美少女に悪人顔で笑いかけた。

「罰だ——少しは、懲りたか」

——こうして、契約はなった。

＊　＊　＊　＊　＊　＊

罰という名目の強姦の後、多少の気まずい時間を経て、サトルはレイアからことのあらましを聞いた。一時間ほどは話していたろうか。聞くにつれ、渋面が深みを増していく。思考を整理し、咀嚼して、自分なりに思考を纏めたサトルは、改めてレイアに問い質した。

「あー……つまり、だ。ここは魔術が存在する世界で。お前の召喚魔術によって、俺はここに来た、と」

コクコクと頷くレイアは　床にペタンと座り込んでいる。衣服は整えられてはいるが、相変わらずマントの前は閉じていないから、チラチラと太腿であったりお臍の辺りであったりと青白い素肌が垣間見えて――正直、少し艶かしくて、視線のやり場にちょっと困っていたりするサトル。

それにしても。そもそも魔法だのはゲームや映画、物語やおとぎ話の中の設定だと思っていた。だから召喚とはいっても実は単なる拉致監禁にしか思ってなかった。ただし、自分が目の前にいる見目麗しい美少女から選ばれるほどのいい男だとはついぞ思っていず。だから自己と事象に対する言い訳としてはかなり無理があったが。

ただ、サトルはすでにレイアの行使した魔術を〝灼熱獄道〟、〝炎風刃〟、そして〝隷属〟と三つ拝んでいる。結果としていずれも全く効かず、〝隷属〟に至っては反転してレイアにかかったようだから、実感としてはどうしても薄い。だが、レイアの反応からみるに「効かなかったのがおかしい」のは窺い知れる。また、サトル自身も今更それらをイカサマだトリックだプラズマだのと騒ぎたてるほど柔軟さに欠けていたわけではなかったから、ことこの段階においては「そういうものがある世界」だ、と納得して受け入れていた。

「俺が選ばれたのは偶然で。恐らく、波長があった、と」

つまり、最初からサトルを意識しての召喚ではなかったということ――即ち単なる事故。ただ、選ばれた側からすると、凄まじく巨大な迷惑だ。ましてや月に一度の楽しみ、ありすとの面会に、クリスマス限定デザートバイキングを邪魔されたのだから。目の前で兄が消え失せたありすの衝撃を思うと、憎さ百倍だ。

「魔王を倒すとか、崇高な目的があったわけじゃなく、手にした召喚魔術を試してみたくってやった、と」

崇高な目的があったほうがマシだったろう。なぜなら、目的意識がハッキリしているから。

もしそうだったなら、サトルもある程度の覚悟をして受け入れることができたかもしれない。最近、巷間《こうかん》によくみられる異世界召喚や転生ものだと立場が勇者だったり魔王だったりするのがほとんどだから、それならまだ納得もできたのだが、事実は全く異なる。たまたま目にした術を使ってみたくなって、長期間に渡っての儀式の末に、術を成功させた――正直、無目的にも程がある。巻き込まれた側の心境として怒り心頭ではあるが、だからといって長年、頑張ってきたレイアに八つ当たりするのも大人気ないとは自覚していて。おさまりがつかない気持ちはあるが、頭をかきむしることで我慢する。

おおよその事態は理解した。ハァ、と大きくため息をついて首を捻り、黙考の後、パン、と膝を打つ。

「よし、わかった。お前の気は済んだわけだな。じゃあとっとと俺を元の世界に帰せ」

突き付けられた当たり前の要求に、レイアは言いよどんだ。即座にサトルの脳裏に嫌な予感が走る。

(……おいおい、まさかだろ)

サトルは焦る。当然だ。何より、サトルの帰りを待ちわびている妹が、あちらにいるのだから。言いよどむ理由がまさかの想像の他にあることを祈りつつ、サトルはレイアの返答を待つ。何度も逡巡しつつ、強い視線に促され、レイアはとうとう意を決して口を開いた。

「……すまぬ、できん」

ようやく搾り出された言葉は、絶望の宣告。サトルは目の前が真っ暗になるような感覚に襲われる。

(……できない？　帰れない、だと？)

「待てよオイ……。どういうことだ。説明しろ」

サトルの強い詰問口調に、レイアは俯いて視線を合わさない。

「そもそもやり方がわからん。召喚術それ自体とて、言うたとおり、妾の師匠にあたる方が、禁忌の術として残しておったからわかったようなものであって、送還術は書庫に残っておらなんだ」

条件があるのだろう、と見当をつけていたのだが、それ以前の問題だったとは。なおもレイアは言葉を紡ぐ。

「よしんばわかったとしても、お主の召喚に数百年にわたって溜め込んでいた魔力の塔の魔力をすべて費やしてしもうた。召喚の際に、魔力の塔の核も壊れてしもうた。召喚にかかった魔力の量を思えば、できる、と安請け合いは言えん」

ごまかす気も隠す気もない、真っ直ぐなレイアの告白。今までの言葉と違い、真実味が籠められていて、疑う余地がない。固有名詞の理解は怪しかったが、それでも懸命に状況を整理し、把握して――頭を抱え。

「……最悪だな」

ポツリと呟いた。毒を作るには、解毒も用意する。そんな当たり前のことをレイアはしていなかった。多分、彼女の性質なのだろう。早とちりでうっかり屋。好意的にとらえればドジっ子。悪意で満たせば単なるアホの子。そんなアホの子の壮大な好奇心に巻き込まれた身とすれば、笑い飛ばすわけにもいかない。事態は想像を遥かに超えて深刻なのだ。

いかなアホの子でも流石に罪の意識を感じているのだろう、レイアもシュンとしょげかえっていた。果てしない絶望感に飲まれそうになりながら、サトルは天井を見上げ、考える。どんなに絶望的であっても、簡単に諦めるわけにはいかない。

「……とりあえず、お前の師匠とやらのところに行く他ないか。居場所はわかるんだろ？」

またも返答に詰まるレイア。何度目の嫌な予感だろう。ここまでサトルが感じた嫌な予感は、一〇〇％以上的中している。以上の部分は、より悪かった、という部分だ。やがて観念したかのように俯いたまま、レイアは首を小さく左右に振った。

「ちょ、おま……いい加減にしろよ？」

流石にサトルの口調に詰る空気が混ざる。手がかりの最初のとっかかりすら得られないのでは、あまりにも無理ゲー過ぎというものだ。レイアは自分の立場を理解していたからサトルの強い語調にも耐えていたのだが、しばしの後、我慢しきれず、ついに感情を爆発させた。

「だって仕方ないじゃろ！　お師さんは妾が不死の王への転生がなったのをみて、この迷宮を預けて出ていってしもうたきりなんじゃから！」

逆ギレも甚だしいが、サトルも怒ることはしない。レイアの言が正しいのなら、レイアに責はない、即ち。

「不可抗力か……。じゃあ仕方ねぇな。スマン、ちとこっちも熱くなった」

くるりと態度を改め、がばりと広げた両膝に手を置いて頭を下げたサトルにレイアは虚を突かれた。サトルの内心でアホの子と評されたレイアだが、現状の自分の立場は正確に弁《わきま》えている。ことこの件に関して、サトルは徹底して被害者なのだ。罰と称して強姦に至ったのはやり過ぎの感がしないでもないが、あれとて元を正せばレイアの責任。間違いなく殺すつもりで魔術を放ったのだから。

今とて、癇癪を起こしたレイアに怒ってもいいのに、サトルはそうしなかった。どころか、八つ当たりだったと認めて頭を下げたのだ。何をされても文句の言えない加害者のレイアに向かって。睦事《むつみごと》の際にも、本当に処女と知ってからは、優しく接してくれた。言葉遣いこそ粗野だが、誠実さがにじみ出ていて、決して悪い奴ではないことがわかる。多少不謹慎ではあるが、レイアはこうも思っていた。

(召喚されたのがコヤツで良かった……)

と。

「……連絡手段とかもないのか？」

一縷《いちる》の望みも、レイアは首を左右に振ってあっさりと砕いてしまう。

「ない。別れてからは一度も会っておらん。唯一の光明は、我が師もまた、妾と同じ不死の王ということ」

唯一の光明、と言われ、サトルは小首を傾げた。不死の王であることが、光明になる、と？　そういえば今更だが、不死の王とやらがどのような者なのか。推察はできるが、実際とは異なる可能性もある。気になったサトルは気分転換も兼ねて素直に聞いてみることにした。

「そういや……ちょこちょこ出てたな不死の王って。どんなんなんだ？　俺の認識であってるのか」

ちなみにサトルの認識は、職場の若干年上の後輩が機械ごと貸してくれたゲームで得たもの程度だったりする。

「そう聞く主様は不死の王をどう認識しておるのじゃ？」

「アレだろ。吸血鬼の親玉みたいな。不老不死で、なんか強い」

サトルのややおバカな返しに、レイアは小さな笑みを浮かべた。

「まあ、認識としては間違っておらぬな。吸血鬼を始めとする不死の眷属の頂点に立つ存在じゃ。主様の言うとおり、不老不死じゃし、他にも再生能力、生命力吸収、強大な魔力とを持つ」

サトルのもつ知識と差異はない。安堵しつつ、不老不死という点がひっかかる。目の前の美少女は、果たしていくつなのだろうか。正直、気にはなった。が、女性に年齢を聞くのはタブーかな、とも思って聞けないサトル。欠片ほどではあるが、デリカシーは有している。

「吸血鬼との違いは、不死の王は食事を必要とせん。純粋に魔力で生きておるからの。じゃが、他の不死の眷属とは比べ物にならん能力を有しておる」

物言いに少し、自慢げな空気が混ざる。

「じゃが、不死の王の王たる所以は、〝反魂〟の秘術を用いて『自ら望んでそうなった』点にある。これは、生半可な実力ではでき……」

と、まで講釈してから、レイアは慌てて口を噤《つぐ》んだ。表情には余計なことまで喋ってしまったという悔恨の色がありありだ。

（……自ら望んでそうなった、ね）

つまり、なろう、と思うことがどこかにあったということ。人の道から外れ、不老不死の魔法生命体となることを決めた——どれほどの葛藤がそこにあったのか。サトルには窺い知れない。間違いなく過去に忌まわしい出来事があり、それに関する内容が含まれている——そう見当をつけたサトルは鼻息ひとつを大げさについて、レイアの頭をぐしゃぐしゃと撫でてやった。

「お前の過去は、お前が話したくなったら言え。俺はとやかく言うつもりはねぇ」

頭ごと動かしながらそれでも気持ちよさそうにサトルの手に身を委ねて、レイアは申し訳なさそうに小さく笑んだ。

「……すまぬな。余計な気を遣わせてしもうた」

「いいって。気にすんな」

わざと軽く返してサトルは笑った。話したくない過去は、誰しも持っている。今のところ、嫌な気分をしてまで話さなければならない必要は何処にもない。アホの子と思ってはいたが、相応の過去があるんだろうな、とは感じる。今のところ詮索する気はない。

「ともかく。人間であることを自ら捨て、人としての魂を完全に魔力に代えた、魔力で生きる存在じゃよ。再生能力、生命力吸収、強大な魔力、不老不死の肉体。睡眠も必要とせず、魔力回復も四半刻程度の瞑想で済む。半ば以上死んでおる体じゃから食事はいらぬし、じゃから生殖活動も排泄などもない」

「そりゃ大したもんだ」

フフン、と嘯《うそぶ》いてみせるレイア。

「話を戻そう。我が師の話じゃったかな」

レイアはサトルの隣に腰を下ろした。サトルの身長だと問題ないが、レイアの身長だと祭壇に腰を下ろすと足が地面にギリギリ届かない。

「厳密には、俺が元の世界に帰るには、だな」

サトルの補足に頷いて、やや神妙な顔をみせるレイア。

「禁忌であった異世界召喚の術を所蔵しておったのは、我が師ヤース。ものすごい物知りでな。師匠であれば、送還の術を知っておる可能性は高い」

論としては正しい。ただ、あくまで可能性が高いであって、もちろんヤースとやらが知らない可能性も実は結構ある。サトルはそのことにちゃんと気づいていた。

「先刻話したとおり、我が師もまた不死の王じゃから、死んでおるとは考えがたい。恐らくは妾と同じように、どこぞの迷宮で健在であろうとは思うが……」

不死の王レイアの師もまた不死の王。レイアは詳しくは語らないが、恐らくは不死の王への顕現の際に師事したのだろう。それくらいの推測は成り立つ。不死の王が言われるとおりの強力な力を有しているのなら、ヤースがこの世にいる可能性は高い。

だが。

「……何処におるかはわからぬ。……すまん」

――許してもらえるわけがない。だから最初から許しは乞わない。何をされても、何を言われても、文句ひとつ言えないし、言わないから。殴るなり蹴るなり罵倒するなり、気の済むまで好きにしてくれ。

言下にそういった思いが透けて見えるほどの誠意のこもった謝罪の言葉に、サトルは何も返せなかった。

安易に「いいよ別に」とは言えない――言える状況にないのは確か。

無論、怒りはある。が、罰以降、自分の責任を理解し、償おうと真摯に向き合っている態度を示しているレイアに一方的に怒りをぶつけるのは、サトルの矜持からしてもしたくない。怒りが悔しさとなり、無力感となってサトルを苛《さいな》む。

「ともかく……。俺が帰るためには、お前の師匠とやらを探すことから始めなきゃならんのか」

しかもみつけたところで、確実に帰る方法があるとは決まっていない。多分、だ。口にして、考察して、サトルはゾッとなった。この世界がどれだけ広いかは分からない。その中から隠れている一人の人物を探し出すなど、どれほどの時間がかかるというのだろうか。

——歯がゆい。もどかしい。ままならない。なんとしても、一刻も早くありすの元に帰りたいのに。泣いているだろう妹を抱きしめて、慰めてやりたいのに。それが今すぐできない。盛大にため息をつき、サトルは天井を見上げた。剥き身の岩肌が薄らぼんやりと光っている天井は、高い。手を伸ばして——届くわけがない。今の状況と、同じ。グッと虚空を掴み、拳を握り締め。

サトルは、腹を据えた。

「おい」

下りかかっていた静寂の帳《とばり》を引き裂いたのはサトル。視線はレイアの肩。身長差があるので同じ高さの位置に座っても、どうしても見下ろす形になる。

「なんじゃ？」

訝し気に問い返したレイアに向かって、サトルは手招きしてから自分の太腿《ふともも》をペチペチとたたく。

「ちょっとこっち来い」

やや躊躇《ためら》ってからレイアは意を決して祭壇によじ登ると、そのまま這うようにサトルの腿に腰を下ろした——向き合うような格好で。不安定な姿勢を支えるためにサトルの両肩に手を置いてサトルと向き合うレイアは少し震えている。

「どっち向いてんだよ！」

対面座位のような姿勢に思わずサトルはツッコんだ。背面座位のような姿勢を想定していたのだ。レイアは小首を傾げてサトルと視線をあわす。大分視線の高さはあってきたが、対面座位の姿勢でもまだ若干サトルのほうが高い。

「ま、また妾に罰を与えるのかと……。ち、違ったのかや？」

青白い肌に朱を差し込んで問い返したレイアにサトルは苦笑を向けて、思い付いて口の端を上げた。

「んだよ、期待してたのか？　ついさっき処女を失ったばっかだってーのに、ずいぶんエロいんだな」

「えろい……？」

「卑猥とかいやらしい、って意味だ」

意地の悪いサトルの弄りにレイアは返事をしなかった。ただ、羞恥でだろう、顔が真っ赤に染まる。

――おいおい。

今度こそサトルは苦笑した。ちょっとしたからかいのつもりだったのだが。期待三分の一、残りは覚悟でこの態勢をしているのか。元の肌が青白いからか、朱が入ると殊更目立つし急に艶かしくみえる。小柄で全体に肉付きも良くないスレンダーな身体だが、ウエストはちゃんとくびれがあり、少女から女性への過渡期なのだろう。柔らかさと共に、先ほどのセックスでかいた汗がやや酸っぱさの中に甘味を含んだ香りを漂わせていて、小さな至福を味わうサトル。

ムスコが少し反応を示すが、今したいのはそれじゃない、と言い聞かせる。

「正直、今は俺がそんな気分にならねぇ。向きはもうどうでもいいや。少し、じっとしてろ」

「あ……」

包みこむようにレイアの全身を少し力を籠めて抱き締める。レイアは抵抗しなかった。サトルの胸板に手を添え、しなだれかかるようにサトルの腕の中にすっぽり収まっている。温かい。生き物の体に触れることができなくなって長いときが過ぎているからすっかり忘れていた、他人がもたらす温もり。黙って身を委《ゆだ》ねる。心地好い。

「……肌、冷たいんだな」

ポツリとサトルが呟いた。耳元での囁くような呟きに少しくすぐったくなって、小さく身じろぎする。

「……言うたであろ？　妾の体は、半ば以上死んでおるようなものじゃと」

「でもよ、ゆっくりだけど、心臓はちゃんと動いてる。不思議な体だな」

サトルは腕の中にいるレイアの鼓動を確かに感じていた。拍動の間隔は凡《およ》そ六秒に一回。ものすごくゆっくりだ。しかし、確実に動いている。半ば以上死んでいる体だとレイアは言った。

確かに体は死者かと紛《まが》うばかりに冷たい。脈拍も生者のもたらすものとしてはひどく弱く、代謝がほとんどないのだろう。成長もしないし、老いることもない体。でも、そこに確かに生を感じて。不思議な感覚を覚えながらも、サトルは抱き締めた腕に少し力を籠めた。はぁ、と小さく熱を帯びた吐息が返ってくる。

「不死の王の体に興味があるのかや……？」

「ないっちゃ嘘になるな。さっきも、アソコはちゃんと濡れてたし」

「ば、ばかもん」

サトルの軽口にレイアはようやっと少し醒めた頬にまたも朱を浮かばせる。サトルは右手をレイアの後頭部に回し、引き寄せると、レイアの髪の香りを胸いっぱいに吸い込んだ。埃っぽい中にも、やはり甘い香り。

「……けど、ちょっと違え。なんつーかこう……夢じゃねぇって確認したいつーか……実感が欲しくてな」

何処か頭の隅で、これは夢だ、と誰かが叫んでいる。当然だ。とても信じられる状況ではない。中二病に冒された男の安い妄想にしか思えない。

「………」

サトルの体温を奪ってか、少しずつ温かくなっていく少女の体温が、現実なのだと教える唯一の縁《よすが》なのだ。

黙ったまま、時間が流れた。

どれ程の間、そうしていただろう。今回の静寂の帳《とばり》を開いたのは、レイアだった。

「……どうして」

「ん？」

「どうして主様は、妾を責めんのじゃ。主様にはその権利があろうに」

ずっと、考えていたのだろう。そのことに勘づいて、サトルは自分の心を素直に開いた。

「責めてどうにかなるんならそうするさ。でも、どうにもならねぇし？」

自嘲めいた笑い。夢ではない。だが、現実とするには、おかれた状況は厳しすぎる。

「それをしたって、単なる八つ当たりだ。大の男が、見た目小さな可愛い女の子にする行為じゃねぇだろ。カッコ悪ぃ」

それがサトルの小さなプライド。しかしレイアの返しは斜め上からのものだった。

「か、可愛いのか？　妾が」

そっちかよ、と内心で苦笑いしつつ、ツッコむ。まあでも、事実だ。

「ああ。俺の世界にいたなら、アイドルとしても通用するだろうさ」

「あいどるって、なんじゃ？」

「……すっげぇ人気者、って意味」

「ほ、ほぅ。そうなのかや」

恥ずかしそうに身をもぞもぞと縮こまらせるレイア。

「ただまあ……」

サトルはここで声のトーンを少し落とした。雰囲気を察したか、レイアの身が少し固くなる。

「赦す赦さないで言ったら、現時点では赦さない。……やったこと、最悪だぜ？　お前」

サトルの糾弾にレイアは小さく震え、たっぷりと間を置いてから、小さく口を開いた。

「……すまぬ、としか言えん」

また少し、レイアを抱くサトルの腕に力が籠められた。

「赦さねー。けど、そんな何度も謝んなくていい」

「……わかった」

レイアからしても、サトルの良心につけこむ気なぞ毛頭なかった。だが何度も重ねられる謝罪は、相手の良心を苛《さいな》む。赦さない自分に罪悪感を覚えるのだ。そのことに気づいてレイアは諒解《りょうかい》した。ではこの後、言葉でなくして、いかにして謝罪の気持ちを伝えるか。それもレイアは考え。決意していた。

「――っし！　少し、落ち着いてきた。理解もしてきた。サンキュー……っと、ありがとうな」

言うが早くサトルはレイアを抱き上げると、右横に座らせて頭を撫でた。すっかり笑顔だ。

「ど、どういたしましてじゃ」

多少しどろもどろになりつつもレイアも返答した。罪をおかした相手を抱き上げ、笑顔を向けてお礼を言うなど。正直、調子が狂う。

「とりあえず、二つ教えろ」

紋が刻まれたレイアの左手をとって。

「一つはこれ。〝隷属〟だったか」

切り替えたのだろう。カラッとした態度で悪びれもせずに聞いてくるサトルに向かって、レイアは肩を竦《すく》めた。

「ああ……これは紋章じゃよ。妾が、主様の奴隷となった証じゃ」

さらりとレイアも返した。奴隷と返されて、サトルが一瞬、時を止める。レイアは思い返すような視線を天井に向けて、小さな自嘲を浮かべた。

「あのとき、確かに妾は主様を騙そうとしておった。浅はかな企みじゃったの。なぜか術が反転して、妾が奴隷となってしもうたが」

淡々と返しつつ、レイアは首を捻る。

「奴隷という言葉はわかるな？」

互いの世界の常識のすり合わせは必須の作業だ。

「ああ。俺のいた世界じゃ、せいぜいエロゲの中でしか聞かれない言葉だが」

「えろげ？」

「……なんでもない。続けてくれ」

余計なことを言ったかな、と思いつつ、ごまかすようにサトルは先を促した。基本、これまで問いかけにはちゃんと答えていたサトルが初めてごまかしたことにレイアは違和感を覚える。サトルとしては余計かつ無用の説明を避けただけのことなのだが。小さく、小さな頭を振って一旦余計な考えを追いやる。

「まあよいわ。この世の奴隷には、原則がある。『奴隷は主に危害を与えてはならない』、『奴隷は主の命令に服従せねばならない』、『奴隷は自分の身を保全する』、この三つが原則じゃ」

指折り数えつつ語った内容に聞き覚えを感じ、サトルは記憶を探る。答えはすぐに出た。

「ああ……ロボット三原則だっけか。アレに近しいな」

「ろぼっと？」

「あー……そうだな。からくり人形か、ゴーレム、でわかるか？」

「どちらも分かるぞ」

レイアは頷いた。そもそも今いる世界もファンタジーではあるが、不死の王もそうだったし、地球産のファンタジーの常識もある程度は同じなようだ。少しは楽かなとサトルはホッと息をついて、記憶をまさぐる。ロボット三原則はアイザック・アイモフ博士が提唱した概念だが、厳密にそこまでサトルは知らない。漫画か何かで読んだ記憶があるだけだ。

「お前が言うとおりだと……つまり、奴隷は、主が死ねと言ったら死ぬのか」

「まあ、そうじゃ」

命が軽いんだな、そうサトルは心の中で述懐し、そして今更ながらゾッとなる。もしレイアの術が成功していたなら、サトルはレイアの奴隷となっていたのだ。たまたまか理由は定かではないが、失敗したからいいようなものの。一方でサトルの奴隷となった、と宣言したレイアの態度は思い悩んだものではない。考えてないという感じではなく、もう覚悟を決めた、だから狼狽《うろた》えない――そんな態度だ。

「その三原則に反する行動をとったらどうなるんだ？」

「ものすごい痛みが襲う。主を害そうとしたなら、その場で狂うような痛みが。主の命令に逆らったなら、命令の内容や程度によるが、やはり激痛が待っておる。最後のはまあ、当然のことではあるわな。じゃからか、妾の知る限り適用例はないが、『生きることを放棄した』とみなされて、死ぬらしい」

考え方によっては自分の身を保全することをしなくなったなら、自殺と同じ状況とは言えるだろう。死というワードに怖気が走ったが、考えてみれば当然なのかもしれない。

「で、それらを踏まえて。〝隷属〟は魔隷――奴隷契約を結ぶための術じゃ。ただし、これには条件がある」

「条件？」

「術式の前に聞いたじゃろ。契約を結ぶかと。双方の承諾が必要なわけじゃな」

厳密にはあのときは承諾と言わされただけなのだが。ひょっとしたら内心でちゃんと承諾したわけでもなかったから、術が逆流したのかもな、とはぼんやり考える。

「で、お前は失敗した、と」

「それは言わんでくれ……」

苦笑いで肩を竦めたレイアだが、また首を傾げる。

「やはり気になるな。なんで失敗したのかが。妾が術式を間違えたわけもなし」

「ちゃんとこっちが承知していないのに、騙した形で承諾言わせたからじゃねぇのか？」

先ほど思いついた考えを披露するが、レイアは首を左右に振る。

「ちと説明が難しいから詳しいことは後々話すが、術式の中で言った『承諾』の言葉には魔力が乗る。本人が承知しているもしていないも関係ないんじゃよ」

アッサリ否定されて少し切なくなるサトル。

「そういえば契約前から妾の魔術も一切通じなんだし、〝生命力吸収〟も全く作用しておらぬし」

「知るかよ……そもそも〝生命力吸収〟ってなんだ？」

「〝生命力吸収〟は不死の王のもつ固有の能力で……相手の生命力を吸収する能力じゃ。普通の人間なら数えるほどの間に死んでしまうはずなんじゃが……」

一番最初に折檻した時点でそれがちゃんと発動していたなら、捕まえた時点でサトルはしおしおと萎れる草花のようにミイラ化していたかもしれないということ。かなり今更ながらなんともなくてよかった、と安堵する。

そういえばセックスの際にも、なんで触れて平気なのか、と問われていた。理由なんて分からなかったから知らねーと答えたが、よく考えれば大事になっていた可能性もあったのだ。ただ後、触れるだけに留まらず、膣にまでぶっこんでもなんともないのだから、耐性があったのかもしれない。

「〝診断《ダイグノーシス》〟」

　レイアは術を唱える。柔らかい光がレイアの右手に宿り、レイアはその手を自分の体のあちこちにかざした。物珍しい手品に似た不思議な情景をサトルは興味深そうに見守る。やがて柔らかい光がおさまり、小さく頷いてから、首を捻るレイア。

「妾の身体に異変はない。とすると……」

　レイアは祭壇から下りると、祭壇の下に仕込まれていた小さな扉を開いた。

「えぇと、何処に……」

　台座の下から木箱を引っ張り出し、箱の中をごそごそと漁りだす。サトルの方に尻を向けており、マント越しだしやや肉感に乏しい小さな尻たぶではあるが、可愛らしく揺れるのを認めてサトルは視線を逸らした。つい先程まであの奥底に怒張を埋め、蹂躙していたのだが、かといって気恥ずかしさは止めようがない。無論、レイアは気付いていない——アホの子だし。

「……と、あった」

　やがて箱の中から取り出したのはソフトボール大の丸い薄いピンク色の水晶球。手のひらに乗せ、ん、とサトルに差し出す。

「主様よ、この珠に触れてもらえぬか」

　そう言われて手を伸ばしかけたが、待てよ、と思い直す。先刻の〝隷属〟の件もあるし、素直に触れてよいものか、サトルは迷ったのだ。サトルの躊躇《ちゅうちょ》に気がついて、レイアはカラリと笑った。

「……ああ、危険は一切ない。妾はすでに主様の奴隷。先に言うたとおり、妾は主様を傷つけたりはできぬ」

　そう言ってからレイアは笑顔を寂しそうな顔に歪め、小声でポツリと呟く。

「おおむね妾のせいなのじゃが、肌を重ねた間柄の相手に信じてもらえぬのは切ないのぅ……」

レイアの切なげな表情に、ツキンとサトルの胸が痛んだ。以前、付き合っていた彼女と手酷い別れ方をして以来、女性不信に陥っており、どうしても女性を信じられない面がサトルの中にはある。〃隷属〃の説明を聞く限り、確かにレイアはサトルを害することはできないのだろうが、三原則にはない部分が正直、気にはなっていた。

三原則に従ったとしても、実は奴隷は嘘をつけるのだ。

無論、その嘘が結果として主人を害する行為にあたるなら、契約印が反応するのだろう。危険はないだろうとは思うが、疑いだせばキリがない。しかし女性不信ではあるが、だからと言って美少女が寂しげな顔をみせるのを我慢するほど鬼でもない。ふぅ、と息をひとつ、腹をくくると、おりゃと珠を上から握りこんだ。

レイアは小さく頷いて、サトルに珠を預けて人差し指で珠をつぃ、と撫でる。

「〃魂魄探査《ソウルサーチ》〃」

レイアの呪いに応じ、キュイ、と珠から甲高い音が響いた。サトルの肉体に何ら変化はない。珠はサトルの手の中でひときわ光ると、パキンと悲鳴をあげて真っ二つに割れた。あっけにとられた表情で割れた珠を見、ごくりと生唾を一飲みするレイア。

「……信じられぬ」

「なんだったんだ？」

割れた珠を手のひらに持ちながらに不思議がる。もちろんさして力は入れてなかったし、割れた破片をみるに、珠は球形の鉱物だ。人が握った程度で壊れるはずがない。

「えぇと、説明が難しいのじゃが……この珠は測定珠《そくていじゅ》と言うて、魔力量を量る珠なんじゃが」

と、レイア、そこで一つの可能性に思い当たる。

「ときに。確認しておらなんだが、主様は元の世で高名な魔術師だったりするとか？」

「ないない。そもそも俺のいた世界に魔法なんてもんは存在しねーよ」

魔術のない世界。レイアは疑問に思う。いったい、どんな世界だというのだろう。自分が感じた疑問をいったん脇に置いて、別の可能性を探る。

「では、王であったりとか」

「もっとない。俺ぁ単なる雇われ警備員だよ」

「けいび……いん？」

聞き覚えのない言葉に、レイアは小首を傾げる。いちいち仕草が、可愛らしい。

「あー……。見張りとか、んーと、衛兵？」

「なるほどの……つまり、主様は元の世では、特別な人間ではない、と」

「まあ、そうだな」

理解が早くて助かる、とサトルは胸を撫で下ろした。レイアは渋面を作って考えこんでから、ゆっくりと顔を上げる。

「失敗の理由は分かった。魂の器じゃ」

「魂の器？」

サトルの反問にレイアは頷いて。

「〝隷属〟の術の条件に、奴隷となる対象の魂、その四分の一以上の魂が主人となる者に必要となる、というのがあるんじゃが」

ちんぷんかんぷんである。サトルの頭上にクエスチョンマークが乱舞する。

「んむ……順をおって話すとしよう」

サトルは大きく頷いた。

こうかな、こんなかなと思うファンタジーの常識がある程度通用するから助かるものの、その内実は現時点で確認できる範囲では地球の西洋東洋ごった煮だ。常識が異なる異世界の常識を聞いておくのは悪いことではあるまい。

「この世に生きとし生ける者は、皆、魂を持っておる。その魂を入れ物としているのが、魔力で」

んー、と一頻り唸ってから。

「まずな……。ここに樽があるとする」

「ふんふん」

「一日寝れば、中身は一杯になる。これは、中身が減っていてもいなくとも同じ。中身が、魔力。樽が、器。魂と呼ばれる。魔術なり能力なりを使えば、魔力は減る」

「んー……うん、なんとなく理解した」

魂というのが、ゲームなどにおける最大ＭＰ《マジックポイント》なのだろう。魔法を使えばＭＰは減り、寝れば最大ＭＰまで回復する。簡単な理屈だ。わかりやすい。

「でじゃ。魂にも質があって、高貴な者や血筋の優れたもの、才覚を有するものは立派だったり頑丈だったりするんじゃが」

んーんー、と唸りながら迷うレイア。わかりやすいような説明を心がけているのだろう。これまで、ある程度は通用しているから説明は最小限で済んではいるが、さすがに魔力だの魔法だのはサトルにとってはアウェーだ。

「とにかく。我が主様の魂は、妾がみたこともない、この世界ではありえん大きさなのじゃよ」

「……んん？」

首を捻るサトル。魂の大きさ、と言われても正直、ピンとこない。

「じゃからまあ…そうさな。妾の魂の大きさが樽とすれば、普通の人間はゴブレット。ゴブレット、わかるかの？」

昔、付き合っていた彼女と一緒に観た映画にそんなタイトルがあった記憶が。

「あー、カップな。うん、で？　俺の魂のサイズは？」

「この部屋」

サラリとのたまうレイア。言ってから、首を傾げる。

「……は？」

サトルはグルリと部屋を一瞥《いちべつ》。いまいる部屋の大きさは、ちょっとした体育館クラスだ。レイアは腕を組む。

「んー……測定珠は壊れてしもうたし、しかとは確認できんかったから何とも言えぬが、この部屋では足りぬかもしれん」

「はぁぁぁ？」

普通の人間がカップサイズで、レイアが樽サイズで、自分がこの部屋より広いサイズ。そんなことを言われても、そもそも比率としておかしい。俄かには信じがたくて、首を限界まで傾げるサトル。まだ、頭上にはクエスチョンマークが乱舞。レイアは一人勝手に納得し、うんうん頷いている。

「わかっただけの範囲でも、普通の人間に換算すると、数千から数万人分の器。この世では測りきれぬ魂を、主様は持っておるのは確実。即ちこの世で、我が主様に勝てるものは誰もおらん」

（あれか。某国民的漫画であった、「戦闘力たったの5か。ゴミめ」ってことか？）

先刻のレイアの言葉を信じるなら、一般人が一〇以下、レイアはナ〇ック星についたあたりのクリ〇ンで、サトルはフ〇ーザ級の戦闘力ということになる。到底、信じられる数字ではない。一言で言うなら。

「……なんだそのチート」

「ちーと？」

「ああいや……無敵状態というか、その世界ではありえないぐらいの力を持ったヤツというか」

「ああ。無敵状態か。なるほどうまいことを言う」

サトルの悩みをよそに、レイアはコロコロと笑う。

「主様がその気になれば、この世の最強の存在、フェザードラゴンすら圧倒するのじゃろうし、五竜すべてを従えることも可能なのじゃろうな。こう言っては何だが、とてつもない化け物じゃわい」

「人を化け物呼ばわりかよ……まあ、お前の言うことが正しいのなら、そうなんだろうが」

(……というか、ドラゴンなんかがいるんだ。そして、コイツの言うことが正しいのなら、俺は空想に生きる化け物すら軽く凌駕する……)

告げられた事実はにわかには信じがたいし現実感も湧かない。コリコリと顎を掻きながら状況を整理するのに必死のサトル。レイアは自分の説の正しさに納得し満足もしたらしく、しきりに頷いている。

「まさかあんな馬鹿げた大きさの魂を主様が有しておるとは思わなんだ。妾の魂が耐え切れぬ大きさであったばかりに、術式が逆流して、本来の契約とは逆に、妾は主様の奴隷となってしまったわけじゃな」

レイアは冷静に状況を分析しているようだ。まだ正直、魂がどうのは理解し切れていないが、そういうものなんだろうと、とりあえずは飲み込むサトル。

「言っておくが」

ズイ、とレイアは四つんばいの姿勢のまま体ごとサトルに迫った。上着の隙間から小ぶりながらも女性らしさを感じさせる胸元に、サトルは思わず視線を逸らす。

「そうは感じぬだろうが、妾は、この世でも最強に近しい存在なのじゃ。先ほど、妾の魂を樽、と形容したが、生身の人間で妾ほどの魂を持っておるものなどおらぬ。どんなに強く、大きい存在であろうとも妾の四分の一ほどがせいぜいよ」

ハイソウデスカと簡単に返すわけにもいかず、曖昧な表情であー、とだけ返すサトル。

「であればこそ、〝隷属〟の術を疑いなく行使した。妾を愚かだと笑うのは良いが、己の規格外な非常識さは弁《わきま》えてくれ」

(……非常識、ね)

この世界を逸脱したありえない存在と言われても、サトルは実感がわかない。目の前にいる可愛らしい、微かな妖艶さを漂わせた美少女が世界最強クラスというのもピンときていないのもある。

「さて、その上で問うが、主様はこれから、どうする気じゃ?」

「元の世界に帰る。その方法を探すさ」

キッパリ言い切ったサトルに、レイアは意外、という表情を浮かべた。

「なぜじゃ? この世だと、主様は理《ことわり》の埒外《らちがい》の存在。力の使い方さえ覚えれば、世界征服だろうがハーレムだろうが、なんでもござれなのに。魔王にも覇王にも英雄にもなれるんじゃぞ?」

「ハーレムには若干興味あるが……いや」

思わず正直に答えたサトルに、レイアはクスクス笑いで応えた。なんと言ってもサトルは性欲旺盛な二〇台前半の健康的な男子なのだ。一度ならず、ハーレムを夢見ることは不思議でもなんでもない。

――だが、それ以前に。サトルの脳裏に最愛の妹、ありすの笑顔が浮かんだ。

「元の世界に、年の離れた妹がいる。俺は両親が死んでてな。妹にとっても俺にとっても、唯一の肉親なんだ。だからなんとしても俺は、ありすの元に帰らなきゃならねぇ」

恐らく泣いているだろう妹。可愛い妹を泣かすなんて、最低な兄ではないか。ほ、と呆れたように感嘆したようにレイアは唸った。異世界のハーレムより、実の肉親。男の顔は決意に漲《みなぎ》っている。

「ならば妾もついていくとしよう」

「何？」

その必要はないと言いかけて、サトルの唇にレイアの人差し指が添えられる。何も言うなと言わんばかりの妖美を漂わせた態度に、サトルは思わず口を噤んだ。

「妾には主様をこの世に召喚してしもうた責がある。騙して奴隷契約を結ぼうとした罪がある。それら贖罪を果たさねば、妾も落ち着かぬ」

艶やかに笑んでレイアはサトルの首筋に両腕を回し、軽い抱擁をした。小さいが充分な柔らかさを備えた双丘が、サトルの胸元に押し付けられる。

「人の身で、こうして妾の身に触れることができるのは、主様だけじゃ……。妾は生まれて初めてと言っていいほどに、人の温もりというものを主様から教えられた。あまつさえ、純潔さえ奪われ、穢されてしもうた」

さもおかしそうにクスクスと笑い、抱擁を緩めて、向き合う。冗談めいているが視線はしっかりとかわし、瞳は真摯なものだ。

「……今となっては、感謝もしておる。報いらせてはもらえぬか」

魅了されたわけではない。意識ははっきりしている。なすがままではあるが、させているだけだ。三秒ほどの沈黙。

「……騙しているんじゃないだろうな」

サトルの表情に凄味が増す。これまでの割と洒落にならない積み重ねと、サトル自身の女性不信があるからこその問いに、レイアはやや大袈裟に両の肩をそびやかした。

「懲りたわ。主様を騙そうとしても、何をしても通じぬではな。それに、どういう形であれ、〝隷属〟はなってしもうた。妾は主様の奴隷じゃ。何をされても文句は言えぬ」

あくまでレイアの口調は軽い。だが、軽い口調の中に揺るがぬ決意が籠められている。

「〝隷属〟とやらは、解除できるんだろ？　なら、解除するか？　解除すれば、ついてくる必要もなくなる」

「……。魅力的な申し出じゃが……主様よ、あまり妾を甘やかさんでくれ。つい、逃げそうになる、甘えそうになる」

自嘲めいた笑み。

「それはいかぬ。経緯は歪んだ形やったかもしれぬ。じゃが、経緯はどうであれ、妾は妾の意思で主様についていく、従うと決めたのじゃ。妾の覚悟を揺さぶらんでくれ」

レイアはそう言うと身を離し、視線を交わしたまま祭壇を下り。サトルの足許にぬかずき、靴にキスをした。

それは、服従の誓い。かつてレイアが普通に生きていたころ。国同士の戦いが頻繁に起きていた時代。敗者が勝者に示した服従の誓いが、相手の足に口づけをすることだった。頭を低くし、大地に最も近い部位に敬意を示すことが最も分かりやすい服従の形だったのだ。

無論、サトルはその風習を知らない。それでも覚悟はしっかりと伝わってきた。言葉が通じてるのは魔術の効果なのだろうが、レイアの使う一人称といい、言葉遣いといい、レイアの出自が高貴な出ということはわかる。そのレイアが、ひざまずいているのだから。

「どうか、同行のお許しを」

ぬかずいたまま動かないレイアを見下ろし、サトルは大きくため息をついた。

「そこまで畏まらなくてもいい。わかったから……好きにしろ」

〝隷属〟の術は、レイアをサトルの奴隷と為した。実際のところはどうなんだろうな、とサトルは一人ごちる。サトルがレイアに捕まったともとれるではないか。レイアは地に額を擦りつけ、謝意を示してから顔をあげ、笑った。それも、満面に。

「では、ついていかせてもらう。この世の常識など……まあ妾の持つ常識も古いじゃろうが、道々教える。それに、帰るにあたっても、とりあえず妾の師を探すことから。妾がいたほうが、確実じゃろ？」

確かにそのとおりではある。少なくとも探す相手の姿形や名前を知っているのはアドバンテージだ。サトルも応じて頷いた。

「だな。ただ、ついてくるんなら、いくつか条件はあるぞ？」

主に危害を加えられない身となっているとはいえ、ばか正直にレイアを信用しきるのは危ない。あらかじめ条件を示しておくのは大事だろう。

「何なりと」

正座したまま、レイアはサトルの言葉を待つ。待てを命じられた犬みたいだなと笑いかけ、サトルは浮かんだ笑顔を堪えた。今からするのは、至極真面目な話なのだから。

「まず言っておくが、次はねぇ。お前はすでに俺を二回、裏切っている。三度めはないってのは俺の主義だ」

先に触れたとおり、それがサトルの処世術だ。ふところに入れてしまえば、多少の裏切りは見逃すようになるが、ふところにレイアが入ってくるか、来れるかはまだ分からない。

「肝に銘じておく」

レイアも神妙な顔で頷く。

「次。この世に、ある程度は迎合してやる。俺ぁ別にこの世界を壊したいわけじゃねぇんだし。ただ、目に付いた範囲で気に入らないもんがあれば殴る。邪魔するヤツぁぶっ飛ばす」

勇者として召喚されたのではないし、魔王として召喚されたわけでもない。魔王になるにふさわしい魔力はあるのだろうが、サトルの目的はあくまで元の世界に帰ること。別にこの世に君臨したいわけではない。

レイアは少し意外そうな顔をみせたが、それでも頷いて。

「ふぅん……ま、別にいいじゃろ。どうせ誰も主様は止められんし」

必要以上にこの世に食い込まない、しかし邪魔するヤツはぶちのめすというのは、粗暴ではある。ただ、間違ってはいない。サトルの力が知れたのなら、必ずそれを利用しようとする輩が現れる。粗暴に振る舞うことによって、扱いづらい危険なヤツと思わせることが適う。ひいては予防にもなるのだ。

「あと。俺だって健康的な男子だ。ついてくるっていうんなら、お前を抱くこともあるぞ」

かなりぶっちゃけた真っ正直なサトルの要求にレイアは笑顔を凍らせてから、破瓜の瞬間を思い出して頬を赤く染めた。

「しょ、正直じゃの……。それは……拒めぬ。奴隷にとっては、主の喜びが自らの喜びともいうし……その……」

ごにょごにょと語尾を濁す。頬ばかりか、耳の先まで赤い。レイアの反応にサトルは忍び笑いをした。

「中々に、お前は可愛いな」

「んなぅっ!?」

はっきりと動揺した叫び。レイアの挙動はあわあわと落ち着かない。

レイアの見た目は上級だ。スタイルは細身で、乳も尻も小ぶり、しかも成長は見込めないのが残念要素ではあるが、顔立ちは可愛いし、声質も甘い。サトルも見た目にこだわりはさほどないのだが、照れた態度が特に可愛く、サトルの心をチクチクと突くのだ。

この世の貞操観念がどのようなものかは知れない。地球上でも中世の時代あたりはだいぶ貞操観念も緩かった。禁欲を推奨する宗教概念が一般的になって初めて貞節が尊ばれるようになったが、この世ではどうなのかは想像の範囲だ。

ただ、レイアはついさっきまで処女だった。初めてを、しかも無理矢理奪われたばかりだというのに、奴隷としての忠誠心も加味されているのだろうが、照れながらも体を重ねることを厭わないというのは可愛いではないか。レイアの頭を撫でつつ、サトルはなおも鬼発言を続けざまに放つ。

「旅の途中で他の女を抱くこともあるかもしれん。先に言っておくが、嫉妬したりはなるたけゴメンだ」

「そ、それは……善処する、としか言えぬ……」

正直な物言いにサトルはカカッと笑った。お前は俺のものかもしれないが、俺はお前のものじゃあないんだぞ――ぶっちゃけ鬼畜発言だが、レイアも自分の弱い立場を理解しているのだろう。でも複雑な乙女心が、理性のみの返答を拒絶させた。

それで充分だ。サトルも性欲は強い自負がある。ただ、ひょいひょいと女性を抱き捨てるような男になるつもりはなかった。ましてやこっちの世に骨を埋める気は毛頭ない。帰るのだから、いずれいなくなる男に女性を付き合わせるのは酷だとも考えていて。言質《げんち》がとれただけで充分。実際に女遊びをして歩く気もないのだ。レイアの頭をぐりぐりと少し力をこめて撫でまわしつつ、サトルはポツリと口を開いた。

「俺ぁ打算する女が大っ嫌いなんでな。金だ力だ権利だ利害だのって。ンなもん知るかよ」

サトルの呟きに、レイアもピンとくる。

「ははぁん……元の世界で、そういう女に騙されたんじゃな？」

「うるせぇよ」

「はうっ」

図星を突かれて、サトルはレイアの額にデコピンを食らわせた。額を押さえて呻くレイア。

「俺は独占欲が強くて、嫉妬深い。自分の女が他の男と話しているだけでもムカつくし、ましてや少しでも肌に触れようものなら、相手をぶっ飛ばす」

青い。だが、そのくらいの真っ正直さが、レイアにはあっていたのかもしれない。

「……主様の考えも大概じゃが、妾に関してだけ言えば、杞憂じゃ」

「ん？」

「言うたであろ？　不死の王には〝生命力吸収〟の能力がある、と。普通の人間なら妾に触れると、ごく短い間に死んでしまう」

そういえばそんな話だったたな、と今更ながらサトルは感心する一方で、気になったことを尋ねる。

「〝生命力吸収〟は、自分で制御できねーのか」

「強めるのは簡単。弱めるのは難しくてな……それに、完全にゼロにはできん。あまり意識したことはなかったが、不死の王の活動維持に必要な能力なのやも知れぬ」

他人から生命力、魔力を吸い取るのが、不死の王の生命活動。人間でいえば食事にあたるのかもしれない。ただ、飢えの感覚がなく、魔力は自然に回復するものだから気にならなかった——なるほど納得できる。同時に、ふとした可能性に気付いた。

「一晩中一緒に寝てれば俺も駄目なのかもな」

「そっ、それ以前に妾がもたぬわ！」

顔を赤く染め身をよじったレイアの抗議にサトルは小さく吹き出した。

「……寝る、つーただけなんだが？」

ばかでかいだけで、サトルの魔力も一応有限なはずだ。長時間吸われ続けていればもたないかも——つまり、卑猥な意味は全くなかった。勝手に勘違いしただけだ。顔どころかかなりな部分を赤く染め、勘違いに気付いて悶えるレイアのほうが余程スケベなのかもしれない。

「主様は……意地悪じゃ。妾は睡眠は必要ないと言うたであろうに」

スネたようなレイアの反論にそういやそんなことも言っていたな、と思い出した。だから寝ると言われてそちらの方しか思い浮かばなかった――言下での言い訳を苦笑いひとつで流す。

「必要ない、というだけで、眠れないと決まってるのか？」

「や……試したことはない」

虚をつかれたように考えこむレイア。不死の王は時間が止まった存在。人としての欲求はほとんど死んでる。だから眠りも必要ないんだ――かつてまだ人間だった頃、師匠から言われた言葉を鵜呑みにしていただけだったんだということに今更ながら気付かされる。

「じゃあ今晩にでも試してみるか？　……お前の期待してる方も、な」

サトルのニヤニヤ笑いにレイアは一瞬身を凍らせたが、負けじとニヤニヤ笑いで返す。

「良いのかや？　主様の危惧したとおり、妾の〝生命力吸収〟の力の方が上回って、眠りから目覚めぬままになるやも知れんぞ？」

「腹上死か。それも悪くねぇな」

カラリと言ってのけたサトルにレイアは諸手を上げた。この分野ではついさっきまで処女だった自分に勝ち目はない、と悟ったのだ。

「主様も相当好きモノのようじゃ。妾はもつんじゃろかのぅ」

「壊してやんよ」

下卑た笑いだが、嫌な感じはしない――むしろゾクリとしたことにレイアは驚いた。無論、冗談であることは分かっているが、本当に壊されるのではないか、そんな気さえする。快楽に溺れ、壊される——甘美な罠だ。破瓜の瞬間もそうだったが、最中も痛かった。ただ、痛みだけではない部分もしっかり感じていたのは確かで。いやらしい女だったのだな、と自覚もしてしまう。

人の三大欲求は食欲、睡眠欲、性欲とある。このうち、食欲と睡眠欲は不死の王には存在しない。性欲もそうなのだろうな、とは思っていたが、まさかにこのような欲が存在するとは。

(……でも、なぁ)

レイアは自分の体を弄《まさぐ》った。正直、淋しい体つき。

「あまり主様を楽しませうる体とも思えぬ……。今や妾は主様には逆らえぬ卑餞《ひせん》の身とは申せ、主様を満足させられるかは自信がないわ」

「……あんま自分を卑下すんな。お前は可愛いし、エロい。お前が心配するほど、魅力ないわけじゃねぇよ」

優しくレイアの肩を励ますようにたたくサトル。ほだされて思わずレイアも笑顔になる。

(……むしろどんな調教してやろうか)

なんてサトルが思っていることを、レイアは知らない。

「真面目な話するとな」

サトルはレイアの肩に手を置き、目の前の美少女に目線を合わせて真摯な目を向けた。先ほどまでの下卑た笑みは形もない。思わずレイアもゴクリと唾を飲み、身構える。

「お前は、俺についてくるんだろ。言うこともきくんだろ?」

「それは、もちろん」

「お前の言ってたことが正しいなら、俺はとんでもねぇ力があるんだろ?」

レイアはコクリと頷く。

「そのとんでもねぇ力にすりよってくる輩がいねぇとも限らねぇ。俺は、打算で利用している、と分かった時点で、どんな美女だろうと放り出す。たとえお前でもな」

サトルは正直に、自らの心を曝《さら》す。元々上辺だけの付き合いは苦手だ。どんな相手でも全身全霊で相対し、付き合う。結果、重いだのなんだと言われたりもして、友人はあまり多くはなかった。ただ、数少ない友人との仲は深く。異性に対してもそのスタンスは変わらなかったから、「付き合っていて、重い」と言われて別れたこともある。でも、生き方は変えられなかった。とかく不器用なのだ。

「今はまだ、ハッキリとお前のことを信用している、とは言えねぇ」

キッパリと言い切る。隠し事はしない。

「それは、仕方ない」

とレイアも返したが、淋しさがどうしても顔に出る。

「だからな？　俺についてくるなら、俺に従うのなら、俺に信用されたいなら。俺だけを見てろ。他は見るな。隠し事もなるたけナシ。裏切りは絶対に許さねぇ。そんかわり、お前が俺だけを見続けている限り、俺もお前を絶対見捨てたりはしねぇ。全力で守る。いいな？」

それは、誓いの言葉。青臭い、自分の都合ばかりを並べ立てたサトルの言葉だが、それすらレイアには心地よい呪縛の鎖となっていた。最高級のワインにも似た甘い、蕩ける様な甘美な言の葉が、レイアの心身を満たしていく。

「どうやら妾は、とんでもない男の奴隷になってしもうたようじゃの。……まあ、それも悪くない」

嫣然と笑んでサトルの手を握り。すぅと息を吸って、サトルの目をしっかりと見据え、レイアは宣言する。

「【不死の王】レイア・レーウェンシュタットの名において誓う。妾は、主様が死ぬまで、主様が手放すまで、主様だけの奴隷。妾にとっては主様が一番じゃが、主様にとって妾が一番じゃなくとも構わぬ。ただ、傍にいられれば。それでよい」

サトルの誓いの言葉に対し、レイアは宣した――覚悟がこめられた従属宣言を。真摯な態度には一切の遊びがない。もちろんサトルとて口にもしたとおり、レイアのことをまだ信用しきってはいない。従属宣言までしてのけた少女を信用してやりたいとは思っているが、彼女がしでかしたことは重く、罪は深いから。簡単に赦し、受け入れるわけにはいかない。が、レイアが覚悟をもって真摯な態度をとり続けるのなら、時間が解決するだろう。サトルは頷いた。

「……いい返事だ」

レイアもまた頷いて畏まると、再度爪先にキスをした。再び頭を下げてから、パッと顔を上げる。

「では早速旅支度をする。しばし時間をくれ」

長い間引きこもっていたとはいえ、この世においてはレイアが先達だ。旅支度を任せるのに不都合はない。というかサトルは何も用意できないし。頷いて返してから、サトルはふと眠気を覚えてあくびをした。思い出して左手にした祖父の代から続く、父の形見となった自動巻きの腕時計をみる。時間は二五日二二時五二分。召喚の際に時間が流れたというのはないようだ。普段ならそろそろ寝る時間、あくびがでるのも当然だろう。

「……んじゃ悪いが、ちと寝かせてくれ。俺はとんでもねぇ魔力を持ってるのかも知んねーが、今んトコ単なる人間なんでな。寝ないと死んじまう」

虚を突かれた様にサトルをみてから、レイアは今更のように頷く。

「ああ、そうであったな。何か敷くなり掛けるなりするものあったがよかろう?」

「そうだな。頼めるか?」

レイアはお待ちあれと言うと、奥のほうに小走りに走っていった。どうやらあちらのほうに彼女の生活スペースがあるようだ。さして待つこともなく、レイアは布のようなものを持ってきた。

「かように粗末なものしかない。〝保存〟の術がかかっておるから、朽ちてることはないとは思うが」

「充分だ」

動物か何かのなめした革を二枚手渡され、サトルはしげしげとそれを眺めた。片方は分厚く、もう片方は柔らかそうな毛で覆われていて暖かそうだ。ただどちらも大きさは充分なのだが、若干古めかしい感じがする。

（〝保存〟の術、ねぇ……）

と、一人ごちるサトル。どのような術なのかは知れない。恐らくは長年、物品を大事にするための術か何かなのだろう——便利なものだ。祭壇の上で寝る気にはなれず、その横に分厚いほうの革を敷いたサトルは祭壇の横に何かあることに気が付いた。

「……っと。俺のリュックも一緒に来てたんだな」

召喚されたあの瞬間、サトルの側にはいつも使っているボロけたリュックの他に、ありすへのプレゼントの巨大な熊のぬいぐるみとコートがあった。ぬいぐるみとコートが一緒に来ず、リュックだけが一緒に飛んで来た理由は定かではない。たまたま触れていたからとは思うが、何もないよりはありがたいのも確か。

リュックの側に金属製のお洒落なフォークが落ちている。ケーキを食べようとフォークを持った直後に意識があやふやになったから、一緒にこの世に来てしまったのだろう。店に悪いことをしたなと苦笑しつつ、リュックの中を一旦ぶちまけた。

真っ先に手に取ったのは携帯電話。やや型の古い頑丈さが取り柄のガラケーだ。勿論、圏外。待受画面は妹・ありすとのツーショット写真だったりする。半年前の面会の際、せがまれて一緒に撮ったプリクラを携帯電話に転送したものだ。画面の中のありすは少し照れた満面の笑み。

——今、この笑みは曇っているだろう。携帯電話を握る手に少し、力がこもる。

続いてお茶が半分ほど入った五〇〇ミリリットルのペットボトルを取り出す。ラベルはない。中のお茶も自宅でティーバッグで作ったものだ——節約のために。カロリーバーが一箱——そういえば結局夕食代わりのケーキを食べ損ねたから、腹が空いてる。箱を開けて一袋取り出し、一本だけ口にした。奥で旅支度をガチャガチャやっているレイアは食事を必要としない。人間が食事を必要とすることは忘れているのだろう。期待はしていない。

(基本、アホの子みたいだしな)

咀嚼して、お茶を一口。流し込む。他に入っていたものといえば。

・食事関係
今日の昼食に食べたプラスチック製の弁当箱、中身は空。

今日の仕事現場で一五時休憩の際に貰った二〇〇ミリリットルの缶コーヒーが一本。

小袋に包まれた飴玉が四個。

小さな袋に入った塩とコショウが一つずつ。

割り箸が二本。

・仕事関係
仕事のメモに重宝している、野帳——表紙の分厚いメモ帳——が二冊。

安物のボールペンが二本。

〇・五ミリのシャープペンと赤の色鉛筆が一本ずつ。

ホイッスル。

五・五メートルのメジャー。

パッキングされた小袋に入ったチョーク。

軍手。

・**電化製品**

太陽電池式の安い電卓。

単三電池が二本。

太陽電池式の携帯電話の充電器。

ＳＤカードの保管ケース――携帯電話のマイクロＳＤ用。

・**その他**

一〇〇円ライター。

ＬＥＤライトのキーホルダーが付いた家の鍵。

ポケットティッシュにウェットティッシュ。

ハンドタオル。

ソーイングセット。

小さな十徳ナイフ。

ありすの施設絡みの書類が三枚と、今日貰った今月分の給料明細の入った無地の事務用封筒。

折り畳まれたコンビニの袋が三枚。


以上。

一つ一つ確認しながら、リュックに詰めていく。ズボンの尻ポケットに捩じ込んでいた財布も確認。各種カード類に運転免許証。ありすが小学校にあがる前に作ってくれたお手製のお守り。現金は一万二千円と小銭が少々。絆創膏と、未使用の切手も数枚。おまけにコンドームが一つ。これもリュックの中に突っ込む。どれもこの世界では無用の長物だ。

携帯電話は電源を落とそうか考えて、やめた。携帯電話本体か太陽電池式充電器が壊れない限りはとりあえず携帯電話は使える。通話も通信もできないから使いどころは難しいが、静止画の撮影や動画を撮る程度なら使えるし、まかり間違って電波が届いたら――ありえない話だろうとは思うが、電源を落とすと元の世界との繋がりの可能性までが消えてしまうような気がして、サトルは電源を落とせなかった。電池はこれを使えるものは鞄の中に入っていなかったから、無用の小物だろう。

敷いた革に寝転がり、残り一枚を掛ける。元の世界の季節は冬だったが、この迷宮の中はほんのりと暖かいから、これでも充分だ。ただし床からの冷えというものは存外後から響いてくるので、敷物があったほうが安心。その程度の知識は有していた。寝る前にゴソゴソと奥のほうでものを整理しているレイアに声を掛ける。

「……寝込みを襲うなよ？」

「善処しよう」

思わぬ返しに小さく笑ってサトルはゴロリと横になり、目を閉じる。幸い、睡魔はすぐに襲ってきた。

＊　＊　＊　＊　＊　＊　＊

深い泥濘のような眠りから、徐々にサトルの意識が覚醒を始める。まだ周囲は若干暗いようだ。目蓋を通してくる光の気配は弱い。冬場の早朝としてはこんなものだろうか――それにしても暗すぎな気もする。

（……昨日、どうしたんだっけ。ありすにクリスマスプレゼントをあげて）

ものすごく喜んでいた妹ありすの顔が脳裏にフラッシュバックする。直接口に出していなかったが、ああいう大きなふかふかのぬいぐるみを欲しがっていたのはわかっていた。少し高かったが、予約して買っただけの甲斐がある喜んだ顔をしていたっけ。

（……狙っていたクリスマス限定のデザートバイキングは……？　食べた記憶がない……おかしい、酔っぱらったのか？）

そもそも酒を入れた記憶がない。ひょっとしたら、ありすを送った後で気分よくチューハイの一本でも買って、飲んで寝たのかもしれないな、とぼんやり思うサトル。実はあまり酒に強くない。

（……もったいないことしたかな。まあでも、起きなきゃ……今日も仕事だし――）

若干の肌寒さ。枕元は微妙に暖かく、頬に触れる感触はすべすべしていて、肌に気持ちいい。なんだコレ――思わず、さわさわと撫でる。

「ひゃ……」

男心をそそる甘い声が小さく響き、サトルはハッと気づいて目を開けた。特徴的な青白い肌を扇情的な衣装に包んだ小さい体躯の美少女が、驚いたようにこちらを見ている。バッチリはっきりと視線がぶつかっていた。

「お……おお主様。目が覚めたかや？」

体勢は、膝枕。レイアは正座をして、太腿にサトルの頭を乗せていた。確認――認識。ここが異世界だ、ということを今更ながらに思い出し、サトルは小さく落胆した。残念ながら夢ではなかったのだ。今、自分はありすと離れ離れになっている。サトルに膝枕をしてくれている青白い肌の美少女は、サトルをこの世に

召喚した不死の王だ。

「お、おう」

寝起きのまだぼーっとした頭でサトルは無理やり半身を起こした。均《なら》されているとはいえ、固い岩の床での睡眠は分厚い革を敷いていてもなお体の節々に痛みを残す。腕時計に視線をやる――二六日AM六時ジャスト。いつも起きるあたりの時間だ。場所変われども染み付いた生活のリズムはそうそう変わらないらしい。

ボリボリと頭を掻きながら、意識がハッキリするのを待つ。

「あ、あのな、主様よ」

「……なんだ？」

「……そ、それ。苦しく、ないのかや？」

「あん？」

言われてレイアを見、その視線の先を意識する。自分の下半身。朝勃ち。サトルは二四歳。性に関してはまだまだ旺盛だ。

「あ～～～～……」

レイアに果たしてどれだけの性知識があるかはわからない。見た目は一四～五歳といったところだが、実際は数百年生きているというし。確かにセックスは初めてではあったが、ひょっとしたら耳年増よろしく、知識だけは蓄えているのかもしれない。

(ちょっとからかってみるか)

サトルの中で黒い悪い虫がゾロリと顔を覗かせた。

「正直、ちと苦しいな。なんとかしてくれるか？」

ニヤニヤ笑いがこみ上げてくるのを辛うじて我慢する。

「な、なんとかと……。ど、どうすればいいかや？」

四つんばいでこちらに近寄ってくるレイア。その格好だと小ぶりな胸の谷間がチラリと見え、その先端も見えそうになる。

「そうだな……口でしてくれよ」

「くっ！　口と申すか！　こ、口淫というヤツじゃな」

フェ○チオのことを昔はそう言っていたことはサトルも知っていた。男の生理現象である朝勃ちの知識があったかはともかく、そちらの知識は持っているようだ。わりと近くまでは来たものの、どうしていいのか恥ずかしそうに頬を染めつつ迷っているレイア。サトルはおもむろにズボンのチャックを下ろした。

「ひっ」

ボロンとサトルのペニスがこんにちはした。一瞬目を背けかけたが、視線はサトルの怒張に釘付けだ。つい数刻前、自分の処女を散らしたモノ。

（……大きい。あんなモノに、貫かれたのかや）

しばし躊躇《ためら》い――そろそろと四つんばいのまま、サトルのペニスの近くまで顔を寄せ、窺うようにサトルの顔を見る。

「イヤならいいぞ」

「い、いや。やらせてくれ」

ゴクリと唾を飲み込むレイア。上目遣いが妙に艶かしい。そっと、右手が添えられた。

「つ！」

「ス、スマヌ！　痛かったのかや？」

「や……違ぇ」

サトルが反応したのは、添えられたレイアの右手が想像以上に冷たかったから。代謝の非常に少ないレイアは、体温が低い。指先ともなれば相当だ。が、元来が血の塊とも言える熱い肉棒に触れていれば、その体温が移っていく。

「そのまま、握って。手を動かせ」

「う、うむ」

レイアの細い小さな指が肉棒に絡みつけられ、腫れ物を触るように――いや実際腫れ物なのだが――そっと手が動かされる。あまりにつたない。だが、花も霞むほどの美しさを有する少女が、自らの肉棒を恥ずかしがりながらも握っているそのシチュエーションに、サトルはクラクラするほどの興奮を覚えた。

「す、すまぬ。妾は、口淫もそうじゃが、やり方やら加減やらがわからぬ。主様よ、教示してくれぬか」

羞恥で頬を染めつつもレイアは問う。主に気持ちよくなってもらいたい――自らの羞恥を押し殺しても主のために尽くしたい。もちろん〝隷属〟の術がもたらす痛みに対する怖さもあるだろうが、だとしても美少女の頑張る姿にサトルは言いようのない加虐心を覚えていた。

「もうちょっと強く握れ。で、先を舐めるんだ」

「こ、こうかの」

根元を先程よりは強く握り、強調された亀頭の先の部分に、少女はおずおずと舌を伸ばした。チロとその赤くて小さい舌を亀頭に這わせている。くすぐるような刺激が心地よい。

「ん……んふ……」

鈴口から迸《ほとばし》ったカウパーをペロリと舐め上げた瞬間、レイアの眉根が曇った。

「苦い……」

小さく呟いてから、レイアは再び亀頭に舌を這わせる。

「先だけじゃなく、張っているエラの部分から下にも舌を絡めるんだ」

レイアはこくこく頷いて言われたとおりにエラの部分に舌を這わす。竿を唇と舌で撫であげられ、サトルの背筋に快感が走った。たどたどしい。が、丹念に丹念に言われた箇所に懸命に舌を伸ばす。

「ちゅ……ん……んぅ……。き、気持ちいいかや……？」

上目遣いで聞いてくる少女に、否、と返せるわけがない。正直、もどかしい気持ちもあるのだが、サトルはニヤリと笑んでレイアの髪を撫ぜた。

「先の部分を咥えろ」

髪を撫でている手でレイアの頭を誘導して、再び亀頭へと導く。レイアは少し躊躇《ちゅうちょ》したが、やがて口を開いて主の怒張を自らの口に含んだ。

「おぅ……」

思わずサトルは呻いた。少女の口の中は生温い。これまでに経験したことのない温度に、繊細な心地よさが登ってくる。亀頭の部分しか埋まってないが、サトルのペニスのサイズがレイアの口に対してどう考えても大きいらしく、顎が震えているのが分かる。

「歯は立てるなよ……そのまま舌を使え。舐めてないところがなくなるまで、丹念に丁寧に舐めるんだ」

怒張を口に含んだままでレイアは頷いた。目尻に涙が浮かびかかっているが、口から決して離そうとしない。たどたどしい舌使いは変わらないが、鈴口からカリの部分まで、舌の届く範囲で懸命に舐めている。その堪える様がなんとも悩ましく艶めいて見え、サトルの加虐心がむくむくと大きくなる。

「舌をすぼめて吸いながら、できるだけ奥まで入れてみろ」

ピクン、とレイアの体が小さく跳ね。

「ん……お……んんぉ……」

怒張が中ほどまで埋没し、口の端からはよだれがつうっと零れる。喉の奥にあたる感じを覚えた瞬間、レイアがゲホッと咳き込み、とうとう怒張を口から吐き出してしまった。

「ごほっごほっげほっ、けほっごほっ……えぅ……は……あぁ、ああ、申し訳ない主様ぁ」

再び頑張ろうとするレイアの健気さに、さすがにサトルの加虐心に自制の綱がかかった。慌ててはいけない。頬を撫でてよだれの痕を指で拭いながら、笑んでみせる。

「慣れてないんだしょうがない。無理に喉奥までいれようとしなくていいから、いけそうなところまで入れて出して、を繰り返してみろ」

「ん、んぁ」

返事をするより早く、レイアは再びサトルの怒張を口に咥えた。半分ほどまで呑み込み、再び亀頭へ。繰り返し。ちゅぷっ、ちゅぷっと淫靡な水音が響く。

「唾は飲みこまねーで、そのまま」

「んふっ、ん、じゅる、んふぅう、んんんっ」

サトルに言われるがまま、自ら頑張って口腔を主のために差し出すレイア。いつしか舌も勝手に使い、目はトロンとしたものになっている。

「くっ、いいぞ……手も、手も使え」

根元を握りこまれていたレイアの指が、口の動きにあわせて緩やかに動く。指の一本一本を、繊細に柔らかく包み込むようにサトルのペニスを握って動かす。

「ん、ふ、おふ、ん、んん、じゅる、んんぅふ、ふぅん」

声にならない悲鳴交じりのレイアの声。サトルの中で射精感が急速に登ってくる。

「早く、もっと早く……んぉ、出る、ぞ」

サトルのその言葉を聞いた瞬間、レイアの脳裏に内なる悲鳴が走る。

——口の中まで、主のモノにされてしまう。

次の瞬間、霞がかかったように消えた悲鳴を、レイアは心の中で軽くあしらってみせた。

（……構うものか、妾のすべては、主様のものなのじゃから）

一心不乱に口と手を同時に動かすレイア。言われるがままに速度を上げ。握りこむ指の力は少しずつ強く。吸う力も、徐々に強く。

「ぐ、イクッ」

頭を押さえつけられた瞬間。

「んんぅ!? んんん、んんんんっっっっぅっっっ!!」

喉の奥にビュルリと液体が吐き出された。

（——苦しいっ！　苦しい苦しい苦いっ！）

吐き出したい気持ちを懸命に堪え、レイアはサトルの射精を体全体で受け止めた。まだ射精は続いていて、喉の奥全体がサトルの精液で満たされる。耐え切れず、少し飲み込む。

（……苦い）

奥にへばりつくようなドロリと粘性のある液体は、喉に引っかかる。また咳衝動がするが、無理やりに衝動をねじ伏せ。

「ん、んんっ、んぅ」

サトルの手が、頭から離された。怒張も少し、張りを失ったようだ。懸命に吸い上げる。最後の一滴まで逃すまいと。

「ん、ふ」

鈴口まで吸い上げ、最後にそこにキスを一つ。

「んー、んんっ」

ゴクリ。ゴクッ、ゴクリ。あんまりにも量が多くて、三回に分けての嚥下《えんか》。胃から拒否され、吐き出したい衝動がせり上がってくるが、それすらもねじ伏せて涙目で、それでも笑顔で主を見上げた。サトルは満足の中に驚嘆を漂わせ、愛おしそうにレイアの肩、頬、頭を撫ぜる。

「まさか、飲むとはな。……よくやった。嬉しかったぞ」

「ん」

ニコリと笑む。

（……良かった。朝のお勤め、果たせた……）

レイアの中には、達成感が満ちていた。サトルはそんなレイアが急に愛しく思え、おいでおいでとしてやる。訝《いぶか》しみつつのそのそと近寄ってきたレイアを軽く抱き締めると、頬にキスをしてやった。サトルなりのご褒美だ。

「きゃ」

そんなことをされると思っていなかったのか、レイアの口から可愛らしい悲鳴が迸《ほとばし》る。

「よくやった。いいコだな」

「んふ……」

頭を撫でてやるとレイアは満足そうにうっとりと目を閉じた。されるがままのレイアにもう一度頬にキスをして、解放してやる。名残惜しそうにしていたレイアだったが、気を取り直して立ち上がった。ちなみに、朝勃ちを知らないフリをしたのは演技だ。そうでもしないとこの主様は「自分を使う」ことなぞ考えもしないだろうから。これがきっかけになればいい。レイアはそう思っていたのが――。

「準備はできたのか？」

「んむ。この迷宮に関しても使い魔に命じる」

「使い魔？」

「うむ。まあ、部下じゃな。……旅立つ前に、会ってはもらえぬか」

「構わんが、なんだ？」

思慮深げな表情をのぞかせつつレイアは小首をかしげた。精飲の影響か少し頬に赤みがさしていて、ほのかな妖艶さを醸し出している。顔立ちに体つきはどちらかといえば少女に近しいのだが、時折垣間見せるこの妖艶さは歴戦の娼婦ですら裸足で逃げだすだろう。

「迷宮主の権限の委譲を行いたい。それと、〝生命力吸収〟じゃ。仮にこの迷宮を預けようと思うておるのは吸血鬼でな」

「聞いてはいたが、本当にいるんだな」

軽くめまいを覚えつつサトルはぼやいた。現実世界《リアル》ではありえない、幻想世界の住人の代表格・吸血鬼は、この世界では現実だという事実。正しく、自分は幻想世界にいるのだと突きつけられた気になったのだ。げんなりした様子のサトルにクスクスとレイアは笑う。

「吸血鬼にも妾より弱いが〝生命力吸収〟がある。主様が特別なのか、妾がおかしくなったのかの確認ができればと」

「なるほど」

サトルは納得して大きく頷く。レイアのもつ特殊能力〝生命力吸収〟は、サトルには通用しなかった。これはレイアが原因なのかサトルが原因なのかは厳密に確かめてはいない。〝診断〟によるとレイアの体に特別な異常はみられていないから、サトルのばからしくなるほどに膨大な魂が原因だとは思うが、確認は必要だ。と、サトルの腹が空腹を訴えた。腹を押さえ、頭を掻く。

「とりあえず……駄目とは思うが、一応聞いてみる。何か、食うもんはないか？」

あ、と思い出したかのようにレイアは呻いた。

「……そうじゃった。人は食事するんじゃったな。……すまぬ、ここに食い物はない。水は用意できるが」

「やっぱりかよ……。仕方ねーな」

サトルは自らのリュックを引き寄せると中から昨夜の食べ残しのカロリーバーとお茶を取り出した。貴重な食料ではあるが、背に腹は変えられない。

「主様……なんじゃそれ」

レイアが興味深そうにみている。視線の先は、お茶。

「ん？　茶だよ茶。それくらいこっちの世にもあんだろ？」

「茶ぐらいあるわ。……茶が問題ではない！　その入れ物じゃ！」

「ペットボトルか？」

「ぺっとぼとる。ほう」

近寄って、まじまじとペットボトルをみているレイア。この世の技術がどの程度にあるかは実際にみてみないとわからない。レイアは引きこもりだったから、レイアが実際に生きてきた時代と今とでは若干変化があるだろうとは思うが、さすがにプラスチック製品が流通している可能性はかなり低いのではないか。

「作り方なんざ俺も知らねーが、油から作るんだったかな？　熱に弱いのが弱点だが、俺の世界では当たり前のもんだよ」

カロリーバーを口にしてゆっくりと咀嚼しながら説明を加える。レイアは「へぇ」だの「ふぅん」だの「ほぅ」だの唸りながら、ペットボトルをまじまじとみている。

「……触って壊れたり爆発したりせぬか？」

「触るくらいでンなことなんねーから。心配すんな」

ほれ、と自ら持って手渡す。

「軽い」

べこべこと握ってはビクッと反応する様がみていて楽しい。

「少し飲むか？　俺のを飲んだから、少し喉イガイガしてんだろ？」

パアッと表情が明るくなり、うんうんと頷くが、下から覗きこんだり逆さまにしてみたり。

「主様ぁ……これはどうやって飲むのじゃ？」

苦笑いして一旦ペットボトルを受け取り、蓋を空けてやる。

「こう蓋を空けて、な？」

二口ほど自分で飲んでから、レイアに渡す。蓋の部分をまじまじと眺めてから、一口。

「変わった味じゃ……が、美味じゃ。凄いのぅ……」

ペットボトルひとつでこの騒ぎ。そういえば、現場の休憩時間に、歴史小説好きな作業員が話してくれたことを思い出す。日本に鉄砲が持ち込まれた際、自作しようとした鍛冶職人は蓋をする技術がどうしてもわからず、娘を西洋人に差し出してまでその技術を聞き出したそうだ。その技術が、ネジ。その派生形とも言えるペットボトルの蓋の概念はこちらの世にはないのかもしれない。と同時に、サトルはひとつの危惧を抱いた。

「あー、先に言っとく。俺は、俺の世界の技術とかを、不用意に教える真似はしねぇからな？」

サトルの言にレイアは至極真面目に頷いた。

「争いの種になるからじゃな？」

「わかってんじゃねぇか」

正直、危惧を見抜かれたことはちょっと意外ではあった。アホの子評価は揺らいでないが、知識は一定以上有しているらしいことは確かだ。

「だから、あんまり目立つのはゴメンだ。社会に食い込む気もねぇしな」

「そうじゃな。そのほうがよかろう」

――じゃが、しかし。

レイアは思う。サトルの魂は桁違いだ。不死の王が隠れ住む迷宮を探し出そうとすれば、思惑どおり無名でい続けることは難しいだろう、とも。サトルは馬鹿ではない。直情的な傾向はあるが、一本芯のとおったいい男だ。ただ、どちらかと言えば頭より先に体が動く。もちろん掩護《えんご》はできうる限りするが、限度はあるだろう。時間の問題かもしれないが、やらないよりはやったほうがいいのは確か。その考えで、話を進める。

「で、な。目立たぬようにするという話にも繋がるんじゃが、基本、主様には冒険者として旅をするが良いと思うんじゃ」

「ほう。冒険者」

こういう世界だとそういう職業はやっぱりあるんだな、と得心する。

「うむ。主様はこの世の何処にも籍がないじゃろ？　自由民と言うてな、そういう輩もいないわけではないんじゃが。この世は金さえ払えば大概の町は仮身分証明となる滞在許可証をくれるから、身分がはっきりせぬ主様は冒険者としてあちこち回ってることにしたほうが何かと都合がよい」

「うん。で？」

「……倉庫を漁《あさ》ってみたが、服は主様にあう大きさのものがなかった。主様は大きいからのぅ」

一七七センチだとこの世界では大きいのか、それとも単にレイアが小さいのかはまだいまいち判然としない。レイアは革布をサトルに差し出して。

「当面はこの外套でごまかすとして。服はどこぞの町に寄ったときに買うしかないが、それは先々の話。一見して冒険者と思わせるには、武器を持つのが良いと思うんじゃ」

外套を広げて眺めていたサトルが素っ頓狂な声をあげた。

「武器ぃ？　俺ぁマトモに使えるもんなんてねぇぞ？」

サトルに格闘技の正式な経験はない。喧嘩の経験はあるが、武器を使ったことはない。

「格好だけじゃよ。それっぽくみえれば良かろ？」

なんだかコスプレめいてきたな――サトルは頭を抱える。まあでも、認めたくはないがレイアの言にも一理あることは確かだ。ため息をついて、仕方なしに同意を示す。

「とりあえず、どんなのがあるんだ？」

「結構いろいろあるぞ？　元々はこの迷宮に挑んで散った者たちのものじゃがな」

――どんだけだよ。

思わずサトルは心中でツッコむ。

「……あんま縁起はよくねぇな。とりあえず、見せてくれ」

レイアは頷いて、倉庫へとサトルを導いた。倉庫には様々な物品がズラリと並べられている。鎧も革から金属製のものまで各種あるようだが、レイアの指摘どおり、サトルには若干サイズがあわなさそうだ。

「オススメは？」

「主様ほど上背があるなら槍がいいとは思うが」

上背があるならそのリーチの差をより生かすために槍。考えとしてはわかる。わかるが、使えるかどうかは別だ。

「取り扱い難しそうだな。剣は？」

「何本かはある」

倉庫の奥に木製の引っ掛け棚があり、剣は大小様々なものがぶら下がっていた。あまり持っているつもりはなかったはずの中二病が疼く。

「とりあえずナイフ一本と」

無造作に革鞘のついたナイフを一本手に取る。サバイバルの経験はないサトルだが、刃渡り二〇センチちょっとの刀は何かと役に立つだろう。残るは長剣。ぶら下がっていた一本を手に取……って即座に戻した。軽すぎたのだ。長さ九〇センチほどの幅広の長剣だったが、サトルの感覚だとプラスチックの玩具程度にしか感じなかった。

材質が違うのかもとは思い、何本か手に取るも、全体にやはり軽い。見た目レベルで済ます予定とは言え、あまりにも軽いとこちらも心もとなさすぎる。

と、隅に置いてあったひときわ大きな剣が目に入り、サトルは無造作にそれを手に取った。見た目からは重たくて使えそうもないが、手に取ってみると意外と馴染む。軽く振ってみたが、見た目の割に軽く、手首にも負担はかからなそうだ。刃渡りは一五〇センチほどで幅は三〇センチ近くある。柄の部分も三〇センチほどと長く、本来は両手で使う剣なのだろう。腰にはさせそうもないから、背中に背負う形になるか。刃も入ってはいるが、扱い的には鈍器になるかもしれない。

漫画でこんな大剣を使うのを見たな、と一人ごちる。さてあの漫画では主人公は女性だったかゴツい男性だったか。もう一度、片手で振るう。ブンとヒュンの中間の風切り音。くるりと手首を反して回してみせる。大きい割には重心もしっかりとれていて、扱いやすい。うん、と頷いた。

「これでいいだろ。無闇にデカイし、あんまり切れ味良さそうとは思わねぇが。研げればいいんだがな」

日本刀と西洋の剣とではそもそも造りが違う。刃紋の浮いた切れ味鋭い日本刀にも憧れがあるが、玉鋼を焼いて鍛える日本刀と、何枚かの金属板をつなぎあわせて作る西洋剣とではコンセプトから異なるから、日本刀の切れ味を求めるのは酷だろう。

「鉄、だよな？　精錬技術はそんなに高くねぇみたいだが、やけに軽いな」

爪で刃の根元を弾く。感触と音は確かに鋼のそれ。

「『巨人殺し』」

ポツリとレイアが呟いた。振り返って見ると、レイアは浮かない顔をしている。

「この剣の銘、だよな？　……どうした？　なんか妙な顔して」

レイアは暫し迷っていたが、やがてその迷いを捨てて。

「……ん、いや、やはり先にしておこう。主様よ」

「なんだ？」

「先に言うておく。主様は意識しておらぬようじゃが、主様は魔術を使っておるぞ？」

五秒ほどの沈黙。レイアの台詞がサトルの意識に沈むのに要した時間だ。

「……は？」

レイアの告白が意外すぎて、サトルの声も裏返った。レイアはむしろ淡々と告げる。

「昨夜話したろ。主様の魂の器は膨大じゃと。その魔力量もとんでもないと」

「言ってたな。だが俺は魔術なんて知らねぇ。特別な能力なんてねぇぞ？」

サトルの否定にレイアは首を左右に振った。

「いいや？　主様はすでに魔術を使っておったよ。……いやまあ、正確には違うが。昨夜、主様は妾の魔術を受けても、何ともなかったであろう？」

そういえばそうだ。レイアの声は確信に満ちている。

「思えばあの時点でおかしいと感じるべきじゃったな。〝対魔術障壁〟に〝対物理障壁〟。その膨大な魔力が勝手にオーラとして湧いておって、障壁と化しておるんじゃろうな」

サトルはあっけに取られるばかりだ。

「先に妾は〝灼熱獄道〟という火属性上級魔術に、〝炎嵐刃〟という火と風と理の混合魔術をぶつけたが、主様は何ともなかった。あまつさえ〝灼熱獄道〟で発した溶岩をものともせず歩き、〝炎嵐刃〟は弾き飛ばしていた。これらはな、あり得ないんじゃよ、本来」

レイアはあくまで淡々と語る。自分の愚かさを今になって噛み締めているかのように。

「主様にはいまだ信じてもらえぬようじゃが、この世において、妾は十指に入る存在。その妾の攻撃をものともしないのじゃから、普通に考えれば、もはやこの世で主様を傷つける存在はおらぬ。何度でも言うが、この世の理《ことわり》の埒外の存在、というわけじゃな」

――この世の理から外れた存在、か。

確かに、サトルは外の世界から来たわけだが。

「ざっと魔術について話しておく。知ってる知らないで変わることもあろうし」

「お、おう」

正直、サトルは半信半疑……いや二信八疑くらいの心境で頷く。

「一応な。魔術を使うのは難しくはない。想像力と、集中力。これが基本じゃ。大きな術を唱えようとすれば、より想像力と集中力とが必要になり、要求される魔力も増える」

この世では魂を有し、想像力を働かせる知恵があるのなら皆、魔術が使えるのだという。魂の質によってもちろん変化はあるが、全くのゼロは死者以外考えられないそうだ。

「魔術は水火土風の四つを基本に、聖、精神、肉体、その他……理術、と言われておるが、その四つが別分類としてある。ただ、その人によって向き不向きな術というのもあってな。例えば妾は一応すべての術を行使できるが、聖、火、風、理の四つが得意で、土と肉体は苦手じゃ」

この世では生まれてすぐに〝魂魄探査〟を赤子に対して行う。ただ、魂の質や量はそれである程度はわかるが、向き不向き、素質まではわからない。生まれてすぐ、大した質に量とみなされなかったが、長じて剣の使い手として名を馳せ、当時上級の魔術師を倒した人物がいた。その人物は体系魔術にのみ特化した珍しい型だったそうだ。中身が大したことなくとも、自らの得手を極められれば上級の魔術師すらあしらうことができる好例として逸話が残っている。

このように自分の向き不向きを判別するにも、ある程度の修行や実践を経なければならない。ほとんどの人間は得意なのが一つで、良くて二つ。修行を積み重ねてようやく三つだそうだ。

「とはいえ、主様みたいにでたらめな魔力を持っていれば、向き不向きもあまり関係ないとは思うがの」

組み合わせることもでき、一応の系統、術の発動を助ける詠唱と言霊のせという魔術名を口にするコマンドワードと、呪として口ずさむやり方が学問としてもある程度は整理されているが、基本、可能性は無限大らしい。もちろん得手不得手でできるできないはある。なるほど、これだけ魔術でいろいろできるなら、科学が入りこむ余地は少ないのかもしれない。

ちなみに、レイアは得意分野の魔術なら無詠唱で発動できるそうだが、癖で言霊のせはしてしまうらしい。魔術を補完するイメージを明確にするために何らかの言動を加える者は少なくないから、そういうクセが染み付いてしまっているのだろう、とぼやいていた。

長々と説明を終え、さて、とレイアは息をつく。

「それで……ちと思うたんじゃが……どうするかの」

レイアは彼方此方に視線を向けながら考えている。

「主様。此方からあちらの壁まで、妾と競争せぬか。全力で」

あちらの壁と指したのは先ほどまでいた祭壇の部屋、その奥。奥までは五〇メートルほどあるだろう。

「あ？　お前となら手加減したって勝てそうだが？」

「いや、それはならん。全力で頼む」

男女差というのももちろんだが、身長差で三〇センチもあれば一歩のストライドも大分変わる。勝負になるはずがない。

「……わかったよ」

にも拘《かかわ》らずサトルが承諾したのは、レイアの顔があまりにも真剣だったから。命を賭ける、と言わんばかりの態度に折れた形だ。

「くれぐれも手抜きや手加減なしで頼む。銅貨を上に投げるから、落ちたときが合図じゃぞ」

（仕方ねぇなぁ……）

レイアの真剣な口調に、サトルは心の中でぼやいた。サトルは運動神経はそこそこいい方だ。もちろん、学生時分よりは運動不足なのは否めないが、今でも五〇メートルなら六秒半くらいから七秒フラットで走れるくらいには自信がある。レイア相手に負ける気は皆無だが、ああまで念を押された以上、手加減する気はない。

サトルがグッと体を沈みこませたのを確認して、レイアは指で銅貨を弾いた。結構な高さまで上がったのを確認、サトルは大きく息を吸い込み、両足を踏ん張ってスタートダッシュに備える。重力に引かれ、コインが落下――。

チィン。

コインが床に落ちた音と同時にサトルはスタートダッシュを決めた。

一歩。

流れる景色が早い。

二歩。

走っている、というよりは飛んでいるイメージ。

三歩。

目の前に壁が迫り、サトルは慌てた。慌てて急ブレーキをかけるが、慣性の法則に従って体は急に止まれない。四歩目に踏み出していた足を大きく前に投げ出して、壁に蹴りを食らわせることで衝撃を回避しようとし——岩壁に、足がめり込んだ。

痛みはない。体ごと壁にぶつかり、これまた少しめり込む。サトルの感触的には、段ボールハウスに蹴りを入れたような脆さ。何重もの驚きに包まれ、背後にいる筈のレイアをみる。

——いた。

まだ、はるか彼方の距離に。

「……なんじゃこりゃあ！」

めりこんだ岩壁から体を脱出させたときのサトルの声は、某刑事ドラマのとある刑事の殉職シーンそのままの悲鳴であった。あっけにとられたサトルにようやくレイアが追いつき、少し息を切らしながら、納得の表情でサトルをみる。

「やっぱりな。主様は肉体系の魔術を、恐らく無意識に使っておる」

「な」

「でなければここからあそこまであっという間はありえん。主様は何歩で駆け抜けたんじゃ？」

「あ、えぇと、三歩半か」

「ありえるか？」

「……ありえねぇ。なんじゃこりゃ」

サトルの戸惑いは大きい。速度も歩幅も体験したことのないもので、感覚が狂っている。岩壁にぶつかった時の衝撃もそうだ。ほぼ全速力で蹴りを入れた。相当の衝撃があって然るべきなのに、段ボールに蹴りを入れた程度の衝撃しかなかったのだ。余波で体ごとめりこんだが、それでも痛みはほぼなかった。

「理解できたかの？　主様が無意識に魔術を使っておった、その証として」

どうすれば主様が納得するか考えたわ、とカラカラとレイアは笑う。サトルの感覚はまだ狂いを訴えている。脳がついてきていない、そんな印象だ。

「まだ混乱しておるようじゃな。なに、すぐ慣れる。ついでに一つ、最初、主様は妾の尻を折檻したろ。あの最後の一撃な。妾だからもったようなものの、普通の人間であれば恐らく尻の骨が粉々に砕けておったろうさ」

せいぜい気をつけぃと言われ、ようやっと落ち着いてくる。レイアの顔を見、首を小さく捻りながらだが。そんなサトルの様子を見ながら、レイアも小さく笑った。

「肉体の制御はある程度できておると思う。意識するしないという問題もあるが、まあ小さかろう」

「……小さいか？」

「すぐに慣れるわ。……妾も驚いたぞ？　合図と同時に主様が消えたのだからな」

久しぶりのサトルの声は、まだ震えていた。レイアは笑いながらサトルの体をぺちぺちとたたく。ちゃんと痛みはある。

「主様が選んだあの剣な」

倉庫に視線を向けるレイア。サトルもつられてそちらに視線を向ける。

「『巨人殺し』と言われておるらしい。妾も詳しくは知らなんだがな。一〇〇年ほど前か。この迷宮に仲間と共に挑み、散った――主様よりほんの少しだけ背の高かった、肉体系に特化した剛力を以って鳴る高名な戦士のものじゃった」

レイアの様子は懐かしむような気配ではなく、単に思い返しながらの台詞。

「其奴はあの剣を、両手で振り回しておったよ。主様が振ってみせたように、片手でとり回せる剣ではないんじゃ。正直、妾だと持ち上げるのがやっとよ」

肉体系に特化した剛力を以って鳴る高名な戦士が両手でようやく振り回していた武器を、サトルは片手で難なく扱った。レイアも驚いたのだ。そして、一つの可能性に思い至り、納得した。

「恐らく。主様は力の入れる入れないの加減に魔力が籠められている。常時魔力が籠ってとんでもない力になってるわけではないのが救いじゃな」

常時魔力が籠められていたなら――その可能性に、サトルはゾッとなる。

「なんで、そんなことがわかる？」

レイアは肩を竦めた。

「わからいでか。昨夜、肌を合わせたじゃろうに。常時、主様の魔力で〝剛力〟を使われておったなら、妾の骨は今頃すべて砕かれておるよ」

――それは納得。

そういえばデコピンを食らわしたこともあった。あれとて、もし〝剛力〟とやらの魔術が発動していたなら、レイアの頭蓋骨を砕いていたやもしれないのだ。その可能性に気づいてサトルはゾッとなった。

「……なるほど。そいつは洒落にならんな」

常時発動しているわけではないのが救い。どんなに鍛え抜かれたボディビルダーでも、卵を持つことはできる。もちろん、力を籠めれば卵などすぐに割れてしまうが、そうではないのだから。

「……つまり、いざというときにはとんでもない力を出せる、と」

サトルの脳裏にダッシュをしたときの風景の流れが過ぎる。風を切る感覚も、とんでもないものだった。スーパーマンになれたわけか――なるほどチートも大概だな、と嘆息する。

「そういうことじゃ。問題は、その溢れんばかりの魔力の使い方を主様は全く把握しておらぬ、ということか」

制御するにも無意識では危ない面も出てくる。薬と同じ。用法と容量を守って正しく使いましょう、というヤツだ。

「確認だ。魔力ってのは、魂のぶんしか使えねーもんなのか？」

「いいや。魔石というアイテムがある。使い捨てのものと何度も充填可能なものがあって、身に付けていれば魔力を使……」

そこまで口にしてから、六角柱形の桃色の水晶のような鉱物を取り出した。結構大きい。ざっとみてもレイアの太ももより太く、長さは五〇センチほど。琥珀に似た色合いだが、芯となりうる部分に黒い棒が埋まっている。マントの中に潜ませていたには大き過ぎる代物なのだが、サトルは大して疑問に思わなかった。

「……それが魔石か？」

「……やはり壊れておるか」

物悲しい空気を漂わせポツリと呟いたレイア。質問を無視されたサトルは少々イラッとして、むにぃ、と片手で遠慮なくレイアの頬を引っ張った。

「いひゃいいひゃいいひゃい」

「こっちの質問に答える！」

ようやっと頬を放してもらったレイアは引っ張られた頬を撫でつつ、サトルの質問に答える。

「厳密にはこれは魔石ではない」

レイアは再びマントの中をごそごそやると一掴み分、数個の石を取り出した。大きさは様々でペットボトルの蓋ほどのものからゴルフボール大のものまで様々だ。

「これが魔石。再充填可能なタイプは魔晶石とも呼ばれる。どちらも遺失物——ええと、古に滅びた古代魔法王国群の製造で、今は作ることが叶わん品じゃ。そして、魔晶石の巨大なものが、魔力の塔。この迷宮の芯が、魔力の塔のもつ魔晶石、これじゃ」

「ほぉ。立派なもんだな」

工芸品としても通用しそうな立派な水晶柱だ。

「ただ、話したとおり、これは主様を召喚した代償として魔力を全放出して壊れてしもうておる。今は単なる奇麗な石じゃ」

「もったいない話だな。魔晶石ってのは？」

レイアは、ん、と自らのマントを開いた。巻きスカートを押さえる紐にストラップのようにくくりつけられた奇麗なこれも薄ピンクの水晶のような多面体がある。大きさ的には拳大と結構大きい。一瞬、レイアのお臍と太腿に視線がいったのは内緒だ。

「もっとも、主様ほどの魂をもっていればこんな石は必要にはなるまい。とにかく、魔術に関しては慣れが要る。道々、慣らしていくしかあるまい」

「だな」

自らがチートであるという様を有り体にみせられ、サトルは天井を見上げ、大きく息をついた。

旅支度とは言うが、レイアの持ち物は革製の背嚢《はいのう》ひとつだけだ。曰く、着替えは三枚あれば充分とのこと。代謝の極端に少ない体な上、〝保存〟の魔術をかけた服であれば劣化や痛みも少なくなるので、然程《さほど》には必要ないと。

ただ、マントをほぼ羽織っているので、着替えとは言ってもほぼ下着のようなチョイスにさすがにサトルはクレームをつけた。あまり官能的な格好ばかりされてもこちらが困るからだ。レイアは暑さ寒さをほとんど感じないし傷を負うこともないから、とにかく動きやすさ優先で選んでいたのだが、一枚だけサトルの要望を容れ、露出少なめな服が入れられた。後は昨日サトルが敷物と掛け物として使った二枚の革。これはサトルの今着ているフード付のコートとあわせ、寝具となる。

後は筆記用具らしき羽根ペンと、インクの入った小さな壺。羊皮紙が数十枚。世界地図——ただし、測量技術は低いようで、いい加減な代物、とは注釈が入っている。ナイフが一本。革紐が数本。そして、本が三冊。小袋がいくつか、その中ひとつは雑多なもの。小石やら木の枝やら何かの骨やら歯やら。曰く、魔術の触媒だそうだ。術の内容によっては触媒が必要になるとのこと。天然石の水晶のような石が大量に。これは魔石。宝石の入った小袋に、硬貨も金銀銅それぞれに分かれてある。

「どうせ妾が持っておっても使い途がないしの。かなりあるから、旅の資金に不安はほぼないぞ」

と宣《のたま》う。多少の申し訳なさはあったが、この世の通貨などもちろん持ってるはずもないから、ここは素直に甘えることにした。いずれは何らかの形で稼ぐ手段を講じ、少しでも返そうとは考えていたが。一応念のためと、それぞれ何枚かずつ入れた小袋を別に預かる。食料品がないから、荷物としてはそれだけだ。レイア個人のものは極端に少ない。確実にレイア個人のものは魔術の発動体ともなる短杖《ワンド》と、補助具の指輪、後は腰に下げた魔晶石だけだ。

「意外に少ないな」

素直に感想を述べる。

「この世は何かと金と魔術が幅を利かせておるからな。必要なものがあれば後々街で買えばいいし、大概は魔術でなんとかなる」

「なるほど」

「旅の際、問題となるは食料と夜営の品じゃが、妾は食料を必要とせぬし」

レイアに食事が必要ない以上、当面の問題はサトルの食料だけだ。

「夜営もさして問題にならん。妾は高度な〝結界〟系の術を使えるし、妾自身そもそも睡眠も必要とせぬからな」

夜営にも困ることはない、ということ。サトルが寝ている間でもレイアが起きていられるのだから、結界とやらが通じなくとも見張りに過不足はない。

サトルはわずかに残っていたペットボトルのお茶を飲み干すと、水瓶に溜められていた水をペットボトルに詰め、四分の一ほど飲んで水質を確かめてから、満たしなおした。剣は革紐で邪魔にならないように背にくくりつける。全身を覆う革の外套に、背に大剣をくくりつけた自分はどこの中二病患者だろうとサトルは自嘲した。まさかこんな格好をする羽目になるとは——人生、ままならないものだ。レイアも背嚢《はいのう》を背負い、ワンドを腰にくくりつけて、マントの前を紐で縛る。兎にも角にも、これで旅立ちの準備は整った。

「さて、と。出発前に、奴隷に関する話だけはしておく。隠し事をしておる、と思われるのも癪《しゃく》じゃからの。奴隷への命令の仕方を、教えておく」

別に隠し事云々の心配はしていなかったサトルだったが、命令の方法がわからないではいざというとき困ることもあろう。確かに必要なことだ。

「〝命令〟と先に告げることで、反抗敵わぬ主命となる。〝命令解除〟と告げることで先に命じた命令が解除となる。……何か試してみ？」

何か試せ、と言われて、サトルは迷った。パッと閃いた内容を、考えもせず口にする。

「〝命令《コマンド》〟だ。胸をみせろ」

「づ、あ」

ピクンと眉根を寄せてから、レイアはマントの紐を外し、はだけた。パサリとマントが落ち、レイアの肢体があらわになる。上衣はタンクトップに近い。肩紐に当たる部分は太く、みぞおちのあたりまでしか丈がない。さしてサイズもないとはいえ、全体に緩いつくりになっていて、ブラジャーとしての役割はほとんど果たしていない。丈の短い巻きスカートからは瑞々しい太腿がみえる。両手を下から這わすように上衣をはだけ、胸をあらわにさせて震えるレイア。青白い肌にポカリと浮かぶ小さな桜色の乳首がなんともエロい。ハッと気づく。

「待った待った待った、〝命令解除《コマンドリリース》〟だ」

あまりもの艶かしさに一瞬サトルは惚けたようにみていたが、己を取り戻すと慌てて命令を解除した。あくまで試すのが目的で、脱がしてみるのが目的ではなかったからだ。レイアはホッとしたように胸を上衣で覆い隠すと、両の腕をクロスさせて胸元を隠し、サトルに意地悪げな顔を向けた。

「……主様は、いやらしいのぅ」

「うるせぇ」

よりにもよってパッと思いついた内容が内容だけに、強く否定もできない。まあ、今更いやらしい男だというのを否定する気もないのだが。

「わざわざ〝命令〟で命じずとも、主様が望むのなら、いつでもよいのじゃぞ？」

わざとらしいしなを作り、媚を売るレイア。わざとらしさが仇となって妖艶さが消え、子供が挑発しているようにしかみえない。

「やかましい。そんな小さいのに興味はねぇ」

「小さい言うなぁ！」

言ってからしまったと思ったが、時すでに遅し。サトルの暴言にさすがに傷ついた表情でレイアはがなった。そしてから両の手で自らの乳房をもねもねと揉みしだき——悲しい顔をする。

「やっぱり小さいのかのぅ……主様は大きいほうが好みなのかのぅ……しかし妾は成長せぬし……」

しょんぼりしている。そうさせたのはサトルだ。さすがに罪悪感を感じたサトルはフォローをいれる。

「大きいも小さいも関係ねぇから。好きになったヤツの乳というだけで大丈夫……」

「にへへ」

サトルは最後までは言わなかった。口を滑らせたことに気付いたからだが、告白めいた台詞に、レイアは嬉しそうに頬擦りをする。

（……クソッ、可愛いじゃねーか）

思わず口を滑らせたことに心の中で悪態をつくサトル。従属宣言のあと、レイアは健気に一途に尽くしていることが窺える。とはいえ昨日の今日で簡単にほだされるわけにもいかないが、こうしたレイアの可愛らしさにコロッといきそうな自分がいるのをサトルは気付いていた。

「他に言わなきゃならねーことは」

あからさまに話を逸らしたサトルにレイアはいたずらっ子のようにニマニマとほくそ笑みつつ。

「そうさな。どちらかが死んだら解呪されるということ。解呪には契約時のように双方の承諾ではなく、主の側だけでいいこと。専用の〝隷解放〟という聖上級の術が必要なこと……大枠としてはそんなもんじゃ。〝探査〟がしやすくなるとか細かい特典はあるが、そのあたりは必要になってからでよかろ」

指折り数えて言った後、レイアは窺う様にサトルの顔を覗きこんだ。

「主様は気付いておるのじゃろ。『奴隷は、主の命に関わるものでない限り、嘘をつける』と」

「………（オウ、バレテーラ）」

隠しきれずにギクリと肩をそびやかしたサトルに、レイアはふぅ、とため息をついた。

「主様の危惧はもっともじゃ。一応な？〝命令〟で嘘をつくな、と強制力をかけることはできる。主の命令は絶対じゃからな。できるが……ハッキリ言うて、お勧めはせん」

「なんでだ？」

「世の中には優しい嘘や必要な嘘というものが存在するんじゃよ。……この世の国々では原則、王は妻と政、軍のそれぞれの長を〝隷属〟する決まりがあるんじゃが、昔話にな。戯れに妻、つまりは王妃に向かって嘘をつくな、と命じた王がおった。王妃は貞淑なよい妻で、王のことも愛しておったが、それ以上に、幼きころに命を助けられた軍の長に長年憧れておってな。それが漏れた。軍の長にも同じように嘘をつくなと命じて問うた。軍の長も、王妃を愛しておった。逆上した王は二人を殺害。狂った王は後、自らの息子に殺された。ハーディの悲劇言うてな。安易に嘘をつくな、と命じるのを戒める逸話がある」

「………」

ものすごく納得の行く逸話に、サトルも思わず息を呑んだ。ハーディの悲劇とやらにしても、王妃と軍の長は浮気をしていたわけではない。ただ、より強い気持ちが別にあっただけのこと。それがあからさまになったばかりに、悲劇を生んだ。

「まあこの話は王妃にも問題があるが、言わんでもよい隠し事まで暴くのは、よろしくないわけじゃ。じゃから、あまり推奨はせぬ」

なるほどなぁとサトルは納得した。と、レイアは背嚢《はいのう》の中から一冊の本を取り出す。

「ハーディの悲劇など、詳しくはこの本に」

「CMかよ！」

「しーえむ？」

「あー、コマーシャル…えぇと、ああそうだ、宣伝だ宣伝」

今もそうだが、時折元の世界の言葉が通じない。困りまではしないが、せっかくのミ○ラ風のツッコミが空振りに終わって、ちょっぴり寂しくなるサトル。

「まあ、この本はなかなかに役に立つ。主様も読んで、字に慣れていこうぞ」

最初は読み聞かせからになろう。二四歳にもなって今更文字を学ぶことになろうとはなぁ、とサトルは嘆息した。高校中退だったサトルはさして成績もよくはなく。見た目のいかつさや喧嘩早さの割には真面目だったのだが、正直理解しきれていなかった。要領の悪さはこんなところにも出ている。

「他、今のうちに聞いておきたいことはあるかや？」

「まあたくさんあるにはあるんだが……」

正直、自身も考えやら情報やらが纏まっていないなと気づいたサトルは、自分のリュックから野帳とシャープペンを取り出した。考えながらざかざかと汚い文字で書き込んでいく。何を分かって、何をわかっていないか。必要な知識は何か。思いつくままにメモしていく。

「……それは、主様の世のペンと紙なのかや？」

「そうだ。紙はちょい上質なヤツだけどな」

物珍しそうにみているレイアに視線は向けず、考えを纏めていくサトル。

「凄い質じゃな……そのペンもインクはいらんのか」

「インクを使うタイプもあるけどな。分かりやすく言えば、これは石を加工してる」

さすがにシャープペンシルの芯が何でできているかまではよくわからない。黒鉛に粘土が基本なのだが、知るはずもなく。

「ほぅ。主様の世ではそれが当たり前なのか」

「そうだ。……まあ道々、俺の世界の話もしてやるよ」

「ありがたい」

サトルが纏めたのは主に魔術に関してだ。専門用語は幸いにしてそんなに多くなかったから何とか纏まるものの、どうせ一度に言われたところで理解しきれない。気になった点をメモしていき、優先順位を考える。これはしっかりとしたものではないものの、簡素な家計簿をつけていた経験から得たサトルの生き方だ。

節約倹約には、まず無駄なものを買わないこと。その上で必要なものを考え、優先順位をつけて購入する。メモ帳として重宝している野帳は知り合いの土木の現場監督から貰ったものだし、筆記用具もほぼ貰い物だ。携帯電話の充電器を太陽電池式にしているのも、長い目でみれば有効だと思ったから。まさかこういう形で使えるとは思ってもみなかったが。

リュックの中に入っていたもので、サトルが購入したものといえば、携帯電話、充電器、弁当箱、単三電池、ソーイニングセットに小さな十徳ナイフだけ。他はすべて貰い物だ。魔術についてはサッパリなのだから、もちろん気になる要素は沢山ある。その中でも、最も気になったのは――。

「そういや、魂の大きさって生まれの素質だけなのか？　大きくしたりはできないのか？」

「できんこともない。三つの手段がある……が、事実上一つだけか。それは、修行なり修練などじゃ。それによって、大きくて二割ほど嵩を増すことが叶う」

それでも二割。生まれた時の魂の質で将来の全てが決まる、というのは残酷でもあるな――そうサトルは心中で述懐する。ただし、類まれなる素質を持っていたとしても修練しなければ意味を為さない。喩《たと》え一〇の力しかなくとも、使い方次第で一〇〇の素質を持つものに勝ち得るそうだ。あと、と付け加えたレイア。

「難易度的にかなり至難なのじゃが、国の王などがとりうる手段として一番の近道は、自分を基点とした奴隷が百を越えた時。魂の大きさが倍となるのじゃ。一千、一万の時も倍になる。それ以上は確認されておらなんだが、恐らく桁が増える毎に倍となるじゃろう。あと、最後のひとつはめったにない例じゃが、妾のように自ら不死の王となったときは、ずっと四倍に増える」

今の会話で数字の数え方も十進法が適用されているらしい予測がついた。なお、奴隷の譲渡も可能で、一度、契約を解除して新たに契約をし直すのだが、この際、奴隷の奴隷も一緒に切り替わるそうだ。

「めったにないて、不死の王ってそんなに人数いるものなんか？」

「さて。妾が知っておる範囲では、暦史上でも四人。うち一人は、すでにこの世にない。妾以降の不死の王と化したものがわからぬが、せいぜい数百年に一度、一人増えていれば関の山じゃろう」

いったいお前はいくつなんだ——そうツッコミかけて再度自重する。

「ふぅん……あと、なんだっけ。奴隷になる者の魂の量の四分の一の魂の余裕が主の魂に必要、だったか」

「そうじゃ。例えば一〇の魂を持つものがいて、すでに八を他の奴隷に使っていた場合、九以上の魂を持つ者は受け入れられん」

「なるほどな。そうなると…例えば魂が同格だった場合、四人まで奴隷にできる、と。そういうことか」

「うむ」

レイアは頷いた。

「まあもっとも、魂の許容量ギリギリまで奴隷を作るには相当の危険が伴う。詳しくはわかっておらぬが、魂の許容量まで〝隷属〟を使用した例がいくつかあったが、いずれも早世しておる。因果関係ははっきりしておらなんだが、不必要な危険性を戒める逸話がその本に載っておるぞ」

「だからＣＭは……。まあいいか」

別にレイアはＣＭをしているわけではない。その本を読めば、この世の逸話などを知ることができ、ひいては常識なども学ぶことができる。そういった思惑があって、本を選んだのだろう。

「まあ主様には関係あるまい。その気になれば全人類を奴隷としても余裕あるじゃろうしな」

「んな気はねぇっての」

クドいようだが、サトルにそのつもりはない。もし――極力考えないようにはしていることだが、もし、帰れなかったとしても。自らの持つ力をもってこの世界を蹂躙して君臨する、などは全く考えていないのだ。

「まあよかろ」

レイアは肩をひょいと竦めた。

「あと気になったのは、お前の能力。不老不死に、大きな魔力に、生命力吸収に？」

「再生能力」

「それだ」

ふむ、と顎に手をやり考えるレイア。

「擦り傷切り傷はほぼすぐさま回復する。例えば同じ眷属の吸血鬼は腕をちぎられた場合、まあ三日から七日はかかる。ところが不死の王ともなれば、くっつけさえすれば一日の半分くらいじゃし、切られた先がなくとも、三日もすれば新しい腕ができる」

「なるほど大したもんだが……やっぱりそうなのかも知んねーなぁ」

思慮深げなサトルの物言いに、レイアは引っ掛かりを覚えた。サトルはここまで直情的な物言いに終始していて、隠し事はほとんどしていない。

「なんじゃ？　なにがじゃ？」

レイアの問い返しに、サトルは神妙な顔で、告げた。

「あのよ……。……処女膜も、再生しちまうんじゃね？」

「………」

その可能性に思い至り、愕然。レイアはペタリとひざまずいた。処女膜も傷だ。確かに再生しないはずがない。ということは、サトルと体を重ねるたびに、破瓜の痛みが毎回あるということに他ならなくて。そのことを認識し、涙目で恐怖の指摘をした主を振り返る。あまりにもその姿は無様で、滑稽で。堪えきれなくなったサトルは、我慢しなかった。

「わは、わはははは!!　は、はははははは!!　は、腹痛ぇ!!　あはははははははは!!」

「笑うなぁぁぁ!!　こっちは洒落にならんのだぞぉ!?」

サトルはレイアの膣の中の触手めいた動きが気になっていただけだ。最初は名器の一つとされるみみず千匹というものかとも思っていたが、どう考えても違う。ペニスを包み込むように「わやわや」とくすぐってきたあの感触は、ひょっとしたら処女膜が再生しようと蠢《うごめ》いていたのでは？　そう考えたのだ。どうやら正解だったらしい。あの異常なまでの気持ち良さは、それが原因だったのだ。

「や、スマンスマン。洒落にならないのはわかる……ぷっ」

「うううぅぅぅぅ～～……」

目に涙を溜め、腹に据えかねた表情でサトルを見上げるレイア。言いたいことはたくさんあるのだろうが、言葉にならないようだ。ようやく笑いが収まってきたサトルは、少し屈んでレイアの頭を撫でた。

「泣くな泣くな……。で、どうする？」

「……どうする、とは？」

疑問系を顔に浮かべたレイアに、サトルは少し意地の悪い顔をした。

「旅の間に抱くこともある、とは言ったが、条件変わっちまったろ」

「そ、それはぁ……」

レイアは絶句する。サトルとの初めてのまぐわいは、レイアの中にこれまでなかった性欲を生じさせた。もちろん、痛い。不死の王となってこの方、感じたことのない激痛だった。しかし、痛みだけではない。体の奥からほかほかする感覚はとても得がたいもので。それに、サトルの気質もある。

「せぬ、と言えば、じゃあついてくるな、と言われそうじゃし。よしんばそう言われなかったとしても、それは主様が我慢しているとなるし……それはさせたくないし……」

主に我慢をさせるのは、レイアにしても恥辱である。お前は役に立たないと言われているも同然だからだ。痛みをとるか、恥辱を選ぶか、快楽を取るか、自らの決意と心中するか——。レイアにもプライドはある。それも、かなり高い。自らの決意はそれで揺らいではならない——覚悟はしたのだから。そう自分に言い聞かせ、レイアはサトルの外套の端を握った。

「い、いずれ慣れると信じるしか……じゃから、え、遠慮せんと、な？」

「わかったわかった」

サトルは破顔一笑する。レイアはサトルの笑顔に、一抹の不安を覚えた。

（……主様は、自らの性欲を隠すのではないか？）

「遠慮は無用じゃぞ？　主に禁欲を強いるは奴隷の恥とも聞くしな」

「はいはい」

本気にされていない。レイアにもそれは伝わった。かくなるうえは、自ら襲うくらいのことをせねばなるまい。そんなレイアの覚悟をよそに、サトルはレイアの手を引いて起こすと改心の笑顔でごく軽く告げた。

「んじゃ、いきますか」

第二章

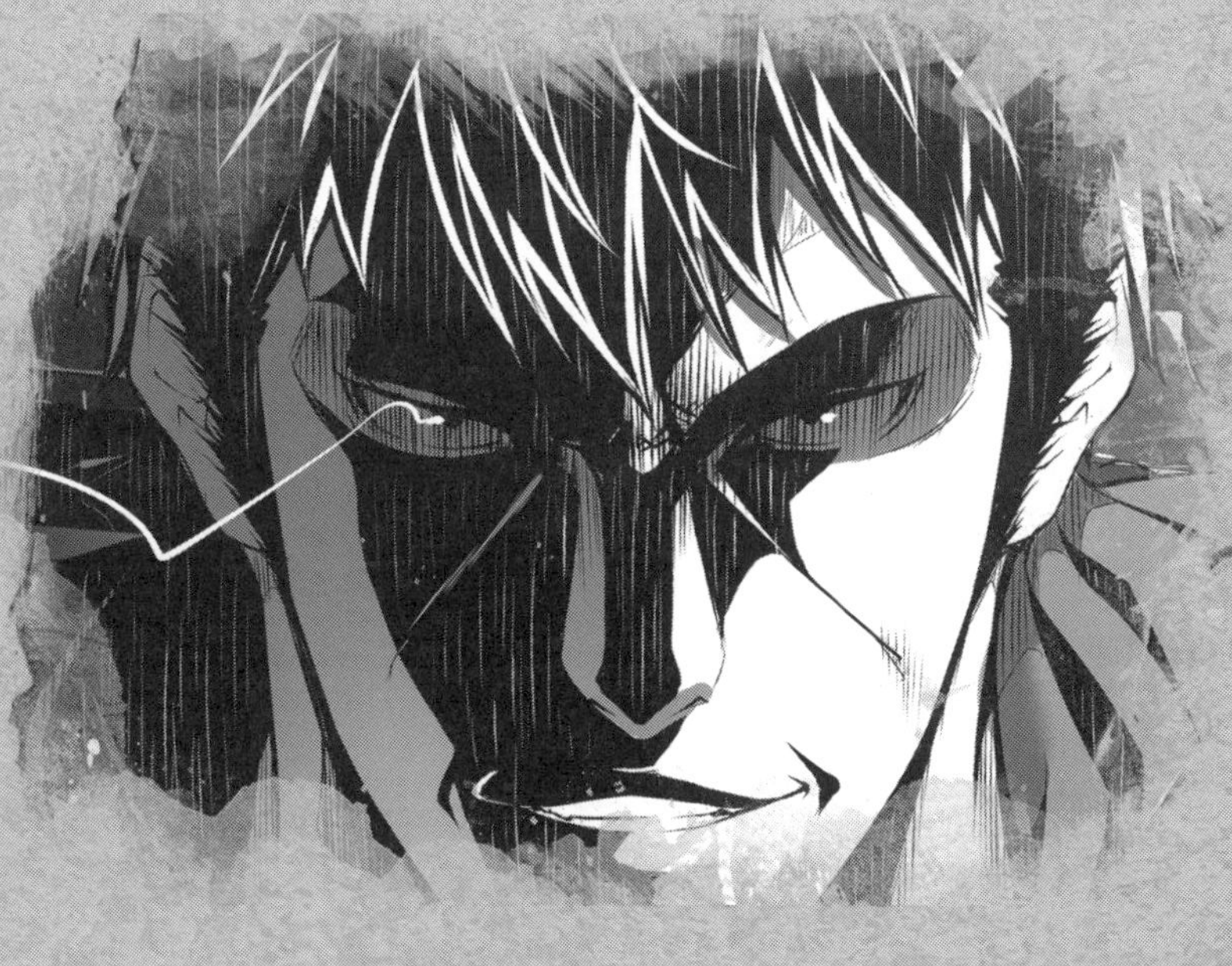

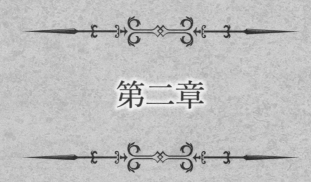

旅立ちを決めた二人のいた場所はレイア曰く、『最も深き迷宮』と呼ばれるこの世でも屈指の難度を誇る迷宮、その最奥。これまで、その最奥に攻略を目指す冒険者がたどり着いたことはないという。

住んでいたのは【不死の王】と呼ばれる不死の眷属最上位の存在で、その手によって配置された怪物や魔物、そして数多の罠が攻略を不可能なものと為していた。年に二～三度の割合で冒険者が挑んでは追い返されるか、中途で夢潰えて物言わぬ屍となるかしていたらしい。レイアが倉庫に保管していた大量の武器やら所持金やらは彼らの遺品だったりもする。

そんな恐ろしい迷宮の支配者たるレイアに先導されつつ、サトルは迷宮の内部を見渡した。サトルが召喚された体育館ほどの大きさの部屋は最奥の祭壇と呼ばれていて、迷宮のボスたるレイアはここで侵入者を待ち構える形になっていた。とはいえ、実際にレイアが迷宮を犯した侵入者に対しその手を振るったことはないそうだが。

「半分までたどり着けた者すらおらんかったからのぉ」

どんだけだよ——そうツッコみかけて自重するサトル。この迷宮は天然の洞窟と人の手の入った部分とが混在しているようだ。例えば最奥の祭壇の間は天井と壁の上部は天然で、壁の下部と床は人の手が入っている。先行していたレイアがサトルの身長を倍する巨大な扉を前にして短杖《ワンド》を構え、ぶつぶつと呟いた。

恐らくこの扉を開けるための魔術を行使したのだろう。人の手を借りずして自動で開いた扉を前にレイアは少し自慢げだが、サトルに驚きはない。魔術の存在を思えば、自動ドアくらいはあってもなんら不思議はないからだ。

サトルが思ったより反応を示さないことにしょんぼりとしつつ、次の間へと先行するレイア。最奥の祭壇の間への控えの部屋なのだろう。縦横四メートルほどで高さも最奥の祭壇の間よりかなり低い。レイアは迷うことなく真正面にある扉に今度は手を掛けた。

ギイィと重たい音を立てて両開きの扉が開かれる。今度は大きい部屋だ。最奥の祭壇の間、その半分ほどの大きさ。ここは天井床壁いずれも人の手が入った風情がある。

「ウルフリック」

レイアの鈴を転がすような声が部屋の中に響いた。そういえば迷宮の中で明かりの気配は壁に配置されているいくつかの光だけであきらかに少ないのだが、しっかりと視認できていることに今更ながら気づくサトル。

「こちらに」

音もなく部屋の中央で人が立ち上がった。漆黒の外套に身を包んだ男のようだ。近寄ってきた男はいかにもな美男子。

「ほぉ。こいつが」

「そう。妾《わらわ》が使い魔の長、ウルフリックじゃ」

レイアの紹介を受けて、ウルフリックと呼ばれた吸血鬼が慇懃に礼をした。見た目は二〇代半ばから三〇代。銀髪を丁寧に撫でつけた切れ長の瞳を持つ青白い肌の美青年だ。

身長は一六五センチないくらい。やや気障ったらしい態度で、サトルのことを値踏みするかのように視線を遠慮なく向けている。

「ウルフリック」

「は」

「こちらにおわすお方は、サトル様。〝隷属〟の術によって妾を従えた。つまり、妾が主様じゃ」

レイアの声にピクリとウルフリックが身じろぎした。視線が値踏みするようなものから剣呑なものに変わる。

サトルは真っ向からその視線を受け止めた。ウルフリックとやらにとって、レイアは敬愛すべき主なのだろう。その主となった男を警戒するのは当然のことだ。

「詳しい説明はせぬ。が、これより妾は主様とともに旅をするでな。この迷宮を、しばらく貴様に預けることとする」

「承りました」

片膝をついてレイアに向かって恭《うやうや》しく首を垂れるウルフリック。やけに様になっているのは彼が美男子だからであろう。恐らくはレイアに対し少なくない敬慕の情を抱いていたのではないか。しかしレイアの態度はあっけらかんとしたもので、うむ、と鷹揚に頷いて短杖を一振り。

「『我、レイア・レーウェンシュタットが宣す。

迷いし宮・最も深き迷宮の主として、古の規約に基づきしパゼット・コルガナの名において汝、ウルフリックに迷宮の支配権を譲り渡さん。

〝迷宮権限移譲《ダンジョン・コントロール・アサイメント》〟』」

朗々と響き渡るレイアの声。目に見えて何かが発動したような気配は窺えないが、迷宮の権限を委譲する魔術は無事発動したのだろう。片膝ついて頭を下げたまま、ウルフリックも返す。

「レイア様が再び戻られるまで、この迷宮の管理、間違いなく承りました」

「うむ……ウルフリックよ」

「は」

短杖を一振りして腰のベルトに引っかけたレイアが傲然と胸を反らした。その表情は引き締まったもの。

「このお方は、妾が主ぞ。いかなお主であっても、一切の無礼は許さぬ。主様が許しても妾が許さぬ」

弾かれたようにウルフリックが顔を上げた。サトルに対する剣呑な視線に、レイアももちろん気がついていたのだ。その上で、くぎを刺した。ウルフリックのただでさえも悪い顔色がさらに青褪めたそれとなる。と、そこにサトルが口を挟んだ。

「いいさ。どうやら長く仕えてきたんだろ？　ぽっと出の俺が気に入らんのも仕方ねぇさ」

明らかに普通の人間と違う肌合いに、ハリウッド俳優もかくやのイケメン。普通であれば二歩も三歩もひいてしまうだろう存在なのだが、不思議とサトルはこのウルフリックに怖れを覚えなかった。

理由は簡単、存在感、そして威圧感がレイアよりはるかに薄いからだ。魂の大小でいえばレイアが上なのは間違いなく、そこいらが原因なのだろうかと考えつつ、サトルはウルフリックに右手を差し出した。

そんなサトルにウルフリックは目を白黒させる。パッと見、サトルは巨躯なだけのただの人間にしかみえない。どれだけ魂の大きな人間といえど、上級の不死の眷属の〝生命力吸収〟に抗えるはずがないのだ。この手を握ってしまえば恐らく目の前の人間はすぐに倒れてしまうだろう。

困ったようにレイアへ助けを求める視線を向けるが、レイアはややいたずらっぽく頷いてみせるだけ。ウルフリックは己の主の不可解な返事に迷いつつ、差し出されたサトルの手を握った。

「っ！」

ウルフリックの顔色が変わる。手を握られたサトルが平然としていたからだ。得心したようにレイアが何度も頷いている。やはりサトルに何らかの要因があって〝生命力吸収〟が通用しないようだ。つまらなそうにサトルがフンと鼻息ひとつ。ウルフリックの表情が歪んだ。

「しかしまあ、どんな理由があろうと、手前の主の言うことを聞かない配下ってのはいただけねぇと思うがな」

涼しげな表情のサトルに対し、ウルフリックの表情は苦悶に満ち、体を震わせていた。

社会人として八年ほど生きてきたサトルは、遥か年上の後輩を指導するという面倒くさい仕事の経験もある。年齢をかさにかけて、サトルに偉ぶった態度をとったその遥か年上の後輩の老爺を、サトルは人間としても使えないと社長に直訴し、現場から外してもらった。老爺は怒り狂った挙句に仕事を辞め、同業他社に移籍したのだが、移った先でもつまはじきにされていたという。社会人として失格の烙印を押されるようなことしかできなかった老爺と、主たるレイアの決定に不服を示したウルフリックは同じようなものだ。

「が、くぁ……」

サトルに握られているウルフリックの右手からミキミキという音が聞こえ、レイアは小さく目を丸くした。どうやら握力で圧倒しているようだ。サトルは微妙な表情で手を放す。本人としてはそんなに力をこめたつもりはないのではなかろうか。

「やはり、主様に原因があったようじゃな。というか、ウルフリックもああ見えて普通の人の三倍の力はあるはずなんじゃが」

「そうなんか？」

レイアの予測どおり、サトルはウルフリックの握力を試していた。サトルの握力は最大で五〇キロない程度なはず。だがウルフリックの握力を感じることはなかった。どうやら規格外の力があるというのも間違いなさそうだ。問題はどれほどの力なのか、そしてちゃんと制御できるのかだが――。信じられない、と言いたげにサトルを見るウルフリックにレイアはこれみよがしにため息をついてごく軽く声をかける。

「では、行ってくるでな」

「……は」

小さく慌ててウルフリックは頭を下げた。レイアは一顧だにしない。サトルを先導して迷宮内部へと歩きはじめる。

ウルフリックはレイアの使い魔筆頭という扱いになってはいるが、レイアは一五〇年ほど前にこの迷宮に迷い込んできた吸血鬼をあまり評価していなかった。確かに魂だけならこの迷宮の中でもレイアに次ぐが、能力あるものや貴族などにありがちな他者を見下す癖があまりに強すぎる。

今もそうだ。見た目だけでサトルを評価し、レイアが己が主であると明言したにも拘《かかわ》らず横柄な態度をとったこの吸血鬼に思うところはない。迷宮を預けた形にはしたが、そもそもこの迷宮に然程《さほど》執着はないのだし、どこぞの冒険者なりに攻略され、ウルフリックごと滅ぼされようがなんとも思わないだろう。

ウルフリックはレイアに対して隠しきれぬ恋慕の情を見せてはいたが、レイアはまったく相手にしてこなかった。本人は忠義を尽くしてアピールしてきたつもりなのかもしれないが、レイアにとってウルフリックは価値のない存在だったのだ。だから魔隷《まれい》にはしてこなかった。彼奴は名残惜しそうに見送っているだろうが、振り返りはしない。

サトルは呆然と立ちすくんでいるウルフリックにチラリと視線を投げただけでレイアの後を追った。レイアの考えを見通したわけでもないが、サトルにしてもこの吸血鬼はどうでもいいのだから。

ウルフリックの姿が見えなくなって、サトルは改めて迷宮の壁に触れつつ周囲を見回した。今は人の手が入った区画で周囲は石組み。縦横高さは一〇メートルあるかないかといったあたり。地下にある人工建造物としては破格の大きさだろう。

「にしても……でけぇ迷宮だわなぁ」

「これくらい大きくないと、強大な魔術が使えぬ。むろん、狭くすることで有効になる魔術もあるがの。そこいらは戦い方よな」

大きな石で組まれたらしい迷宮の中は独特の風情がある。この迷宮がどれほどの大きさ深さがあるかまではわからないが、最も深き迷宮などと御大層な名がついているのだから相当な大きさではあるだろう。物珍しげにあたりを見回すサトルに気がついて、レイアは小さく笑って。

「この迷宮を出るには距離があるからの。最終的には魔術に頼るが、少しだけ案内《あない》しよう」

レイアの申し出にサトルも頷いた。異世界に召喚され、迷宮の中を探索して歩くなどという経験はそうできるものでない。小さくわくわくしながらサトルも歩みを進める。

「天然の岩をくりぬいた、まではわかるが、わざわざ石を組んでるのもすげぇな」

「この迷宮の由来は妾も正確には知らぬ。数百年はゆうに経っておろうが、古代魔法王国群時代なのは間違いないの」

「古代魔法王国てか」

この世がどんな歴史を刻んできたかには興味はあるが、そのあたりは道々教わることになろう。ぺたぺたと壁を触ったりしながらサトルはレイアの後をついていく。ふと、視界が開けた。

「でけぇ部屋だな」

人の手が入った区画を抜け、天然の洞窟だろう開けた空間に入ってサトルは呆れながらぐるりと見まわした。足場はでこぼこしていて、天井の高さは闇に包まれてようとして知れない。

「主様、そこまで」

天井を見回しつつ足を進めていたサトルに向かってレイアが声を上げた。応じて止まったサトルは自分の足元に視線を向ける。

「……蜘蛛、の糸？」

キラキラと光る細い糸に気がついてサトルはしゃがみこんだ。よくよく見るとサトルの前方に細い蜘蛛の糸が張り巡らされている。レイアに制止されなかったら恐らく引っかかっていただろう。と、気配を感じてサトルは視線を上げ。

「おわ」

慄《おのの》いた。そこにいたのは蜘蛛だ。ただし、サトルの知る蜘蛛とはあまりにサイズが違う。胴体だけで三メートルはあるだろうか。わしゃわしゃと多くの足を動かしている黄と黒のまだら模様の巨大な蜘蛛――よくよくみると顔がない。

「アラクネーじゃ」

どこかで聞いたことあるなと思いつつよくよくみると、蜘蛛の胴体の上に妙齢の女性の上半身が埋まっていてサトルはなおも驚いた。豊満な胸をビキニ状の布で隠しただけの美しい女性が妖艶な笑みをサトルに向けていて、サトルも笑い返した。が、その笑みはやや引きつっていただろう。

「ついでに、その先には落とし穴がある。戦いながら足元にまではなかなか注意を払えん。単純かつ有効な罠じゃが、この階までたどり着けた勇者はおらんでな。宝の持ち腐れじゃわ」

「へぇ〜……」

アラクネーと呼ばれた魔物はレイアに向かって小さく会釈し、スルスルと蜘蛛の糸を伝って天井へと戻っていく。おそらく天井に彼女の巣の本体があるのだろう。天井から襲い掛かってくる魔物に、床には罠。この迷宮の殺意の高さにサトルは思わずブルリと身体を震わせた。

「なんとも……すげぇな」

映画や物語、神話の中の生き物を現実に目の当たりにして、サトルの声は高揚感に満ちていた。これまではレイアの使った魔術でしかわかりやすい異世界に触れていず、どこかで夢をみているような感覚だったのが、徐々に現実感を覚えていく。恐怖感はあまりわかなかった。

レイアの案内で迷宮最下層を歩く。最下層というだけあってその危険度もかなり高いようだ。そのボスはこれまでこの目の前を歩く少女だったわけだが。

「ん？　妾の背に何かついておるかや？」

サトルの視線に気がついてくるりとレイアが振り返った。豪奢な紅い髪がふわりと舞い、気のせいか柔らかい甘い香りがサトルの鼻腔を刺激する。いや、と返しはしたが、サトルは今更ながらこの少女を抱き、朝勃ちの処理と称してフェ○チオからの精飲をさせたのだと認識して少々戸惑いを覚えていた。話題を逸らそうとあたりをぐるりと見回す。

「こういっちゃあなんだが、案外きれいなんだな。魔物の排泄物とかもあるわけだろ？」

「ああ、そういうのは専門に処理をする魔物がおる。例えば、ほれ」

レイアの指さす方向に視線を向ける。

「木の、人形？」

半信半疑の声を上げたサトルにレイアは頷いて返す。そこには身長八〇センチほどの美術用のデッサン人形をもう少しゴツくしたような奇妙な存在がなにやら作業をしていた。

「主様も言っておったな。ゴーレムじゃ。あれも、使い魔よ。この迷宮に住まう魔物に餌をやったりの」

なるほどあれはウッドゴーレムなのだろう。複雑なものは無理だが、簡単な作業ならできる、魔術で生きる存在にサトルは感心して頭を左右に振った。最近でこそ多少複雑な動きをするロボットなどもできてはいるが、あの存在だけを思えば元の世界ではまだ及んでいない技術だ。

「あれは木製じゃが、木製が一番魔力を必要とせぬでな。もう少し上の階層だと番人として鉄製のもおる」

レイアの声に多少自慢げな雰囲気が混ざった。これまで攻略されたことのない迷宮の主としての誇りがあるのだろう。サトルも思わず苦笑だ。

そんなレイアの案内で迷宮を少し歩く。はっきりと言えるのは、その殺意の高さ。罠にしても落とし穴の中に槍が仕込まれていたり大きな岩が落とされるような仕掛けだったりと、即死するようなものばかり。配置されている魔物は不死の眷属や魔法生物が多い。

「不死の眷属やゴーレムなどは食事や睡眠を必要とせぬでな。使役しやすい」

「あのウルフリックだかも吸血鬼だっけ。この迷宮はアイツに任せて平気なのか？」

レイアは軽く肩を竦めた。

「なんの問題もない。一番の宝であった魔力の塔の芯たる石が壊れてしもうたから、宝としての迷宮の価値はのうなってしもうたしの。それに、二〇〇年以上ろくに攻略されなんだ迷宮が、妾がいなくなったからとて明日明後日に攻略されるとも思えぬ」

攻略の価値が低くなれば、リスクを鑑みても尚更攻略しようとする冒険者は減るだろう。なんせ、リスクにあわないのだから。なるほどねぇ、と相槌をうったサトルは腕組みをして。

「……いいかげんツッコむわ。レイアお前、幾つなんだ？」

「ん、おや、言うておらんかったか？　二二〇と少々か」

軽く答えたレイア。予想はされたが、さすがに驚く。一方で年齢について聞くのをはばかっていたサトルの気配りは無用のものだったようだ。

「都市国家のひとつにアーレスという国がある。そこの賢者の学院はこの大陸最高峰の学府なんじゃが、そこが五年に一度魔術体系総覧という魔術書を発行するんじゃよ」

いきなり飛んだ話に一瞬目を白黒させるサトル。そんな主にレイアは悪戯っぽく笑んだ。

「日の巡りのわからぬ迷宮の中におった妾にとって、その魔術総覧の発刊が唯一の時を確認する手段、というわけじゃ。前に発刊があった時点で妾が生まれてより二一九年たっておったことがわかっておるから、まあ、それくらいかの」

五年に一度その魔術書の新刊を入手して、時の経過を知る……なんとも気の長過ぎな時の刻み方である。まあ二〇〇年もの長い時間を時の流れの分からない迷宮で過ごしていればそんなものなのかもしれない。

「ふむ。幾つん時にその体になったんだ？」

今までの質問には割合ハキハキ答えていたレイアだったが、急にしおらしく萎み、言い難そうにポツリと。

「……一六」

「一六？　その割には……っと」

さすがにサトルもそれ以上は言いよどんだ。しかしレイアはサトルの飲み込んだ言葉をほぼ正確に読んだらしく、片頬を膨らませてそっぽを向いてしまう。

「……どうせ妾の体つきは貧相ですよーだ」

スネている。どうやら本気でスネているわけでもなさそうだが、最奥の祭壇の間を出る前のやり取りを思い出したサトルはレイアの背後に歩み寄ると、マントの上からいきなり両腕で胸を鷲掴みにした。

「わひゃ！　こ、これ、いきなり何をひゃうん！」

「触りたくなったから触ってる」

あっさり鬼畜発言をしたサトルにレイアは絶句した。なおもサトルの攻撃はやまない。マントの上からではなく、マントの前をはだけさせて下着の中に手を這わせ、大きく胸を揉み上げる。レイアの口から甘い吐息が漏れた。

「んんっ、ん、っあ」

「俺は胸の大小なんざ気にすんなって言ってたはずだが？」

手のひら全体で胸の柔らかみを堪能し、肌の感触を味わう。わやわやと指全体を動かすとサトルの手がレイアの胸の柔肉の形を変える。確かに大きいとはいえないが、キッチリと堪能できる柔らかさはあるのだ。Bカップ Aより、というあたりだろう。

「んあっ、わ、妾が悪かったからぁ……っ、先っちょおっ……」

くりくりと両の乳首を両手の中指と人差し指で捏ね上げると、レイアは悲鳴を上げた。じっくりたっぷりねっとりと乳首を捏ね、捻り、念入りに微に細にわたって摘み倒されてから、ようやっと解放されたレイアは、マントをしっかりと合わせ閉じ、薄い涙が混じった紅瞳でサトルに振り返って抗議した。

「あ、主様は見境なしの変態じゃわ……」

「そんな男を騙《だま》そうとした自分の浅はかさを呪うんだな」

「い、言い返せぬ」

そのものズバリなのでガクリと落ち込むレイア。散々おもちゃにされなぶられた挙句に自分を呪えだの言われては彼女の衝撃もいたし方あるまい。

「でー……なんだっけ、あーそうそう。迷宮の話か」

自分が思うままに散々レイアの乳をまさぐってたいたことを三〇〇〇光年の彼方に投げ捨てたサトルの切り替えに、レイアは再び絶句しつつもとりあえずは立ち上がった。心の中で不平不満をいうくらいはしたが。

「そうじゃったな……まあ、妾としてはこの迷宮はどうなっても構わんのじゃよ。これから主様と旅に出るわけじゃからな。帰る場所云々という気もせぬ」

二〇〇年少々いた場所にも拘《かかわ》らず愛着は湧いていない様だ。まあ時の流れは感じられない、攻略され難い前提があったとしても人里離れすぎている、ただ広いだけで、肝心の魔力の塔の核は壊れてしまった以上、マイナス要因ばかりが先に立つこの迷宮に積極的に戻る理由もない。

「まあもっとも、妾が好き好んでこの場所に迷宮を構えたわけではない。我が師ヤースがこの迷宮を妾に譲ってくれたから、そのまま居続けただけのことよ」

「迷宮を譲るってか。随分豪儀な話だな」

「うむ。……おおそうじゃ、先に我が師について少し話しておく」

レイアは語る。

ヤースはレイアより先達の不死の王で、五竜を除けば古代魔術王国群滅亡のあたりから存在している唯一の存在。サトルと同じ黒髪黄肌で、レイアより背が少し高い程度の細身で飄々とした男だったそうだ。見た目的には今のサトルとそう変わらない二〇代前半。それで不死の王に顕現するのだから、相当な実力の持ち主であるとはわかる。

また、その知識も膨大なもので、知らないものなどないのではと疑われるほどだったそうだ。一方で自分のこととなると黙して語らず、果たしてどれほど強いのかまではわからない、とも。

「気難しいってわけじゃないんだな」

「そうではなかったな。飄々《ひょうひょう》として掴みどころのない御仁であったよ」

あまりサトルの得意なタイプではなさそうだ。とはいえ、レイアという見知った相手もいることだから、無事に会うことさえできれば協力くらいはしてくれるのは間違いない、とレイアは断言する。

「古代魔術王国が滅して五〇〇年少々。まあ妾も言うたとおり、二〇〇年少々会ってはおらなんだが。間違いなく存在はしておろう。妾同様にどこぞの迷宮で隠遁生活をしておるとは思う」

「まずは情報を、得なきゃならねぇ……そういやそう言ってたな」

冒険者として生きていくことになるから、迷宮の情報を集めるのは不審に思われないだろう。レイアのいたこの『最も深き迷宮』同様、未だ攻略されていない迷宮がどれほどあるのかは知れない。ひょっとしたらまだ見つかっていない迷宮ではないかとも思ったが、レイアはその考えを一蹴した。

「迷宮は魔の獣をも呼び寄せる。人の手に余るような存在が集まってくる場所に迷宮あり、というのはこの世の常識。つまりは、それだけ目立つのでな。我が師程のお方が迷宮の主を務めているとなれば、その迷宮に籠められる力も相応のものとなろう。まだ見つかっていない迷宮というのは考え難いの」

なるほど、ずっと隠れ続けられるものでもないらしいと安堵するサトル。実力はしかとはわからないものの、レイア自身がこの世界でも屈指の存在というからには、その師である彼も指折りの実力はあるということが窺える。考えていたよりは探しやすいのかもしれない――問題は、この世がどれ程の大きさを有するのか次第。

衣服を整えて、コホンと咳ばらいを一つ。

「さて、ではそろそろ外に出ようぞ。お手を拝借」

小さく胸を張り、サトルの手を左手で取ると、右手で印を切って目を閉じ、呪を紡ぐ。

「〝集団転移《グループ・トランスフェアレンス》〟」

視界がぐにゃりと歪み、一瞬後に眩しい光で網膜が焼かれる。サトルも思わず目を閉じ、順応するのを待つ――冷たい清涼な空気がツンと鼻を刺した。やがて目が日差しに慣れてくる。眩しさを堪えながらゆっくりと目を開け――。

「お……おおおおお～！」

サトルは大きく感嘆の声をあげた。

「すげぇ……こいつぁすげぇや！」

眼下に広がるのは、大地。しかもここより高い場所は存在しない、まさしく三六〇度でぐるり一望できるパノラマの風景。あまりもの壮大さに心が奪われ、言葉にならない。

眼下には濃い藍色の峻険な岩肌。時折白いものも見えるから、雪が残っているのだろう。山脈の稜線から右手と左手では風景もがらりと変わっている。右手は山裾から深い森が広がり、緑を基調としたもの。黄色い絨毯の遥か向こうには青い輝きを放つ湖が見え、その向こうは白く煙っている。水と緑が濃い光景だ。左手は逆に山裾からは白い風景となっている。緑は時折ぽつぽつと見られる程度。乾燥地帯なのだろう、青い気配は極端に少ない。白と黄色の乾いた岩肌が延々と続いていて、砂煙のせいだろう、地平線の向こうがしっかりと見えない。

それにしても一番高い場所から三六〇度のパノラマで見られる光景というものはそうそう拝められるものではない。地平線はほんの少しアーチ状に見え、この世も恐らく丸いのだろうことがわかる。

「すげぇ、しか言葉が出ねぇな……」

思い出して、携帯電話を取り出した。もちろん圏外。だが、通信通話が目的ではない。そちらは最初から諦めている。

手慣れた動作でカメラ機能を選択すると、動画の撮影を開始する。パノラマのこの光景は、写真では通じにくいと判断したからだ。携帯電話を目線の高さに持ち、ゆっくりとした動作で周囲を撮影しつつ、風景に心奪われる。日射しは強い。太陽が近く感じる。風はさほどに強くはないが、それでも高度があるせいだろう心持ち寒いが、気になるほどでもない。つい先ほどまで広さはあったし明度も一応はあったとはいえ暗い迷宮の中にいたのだからなおさらだ。外の新鮮な空気が心地よい
「おい」

「なんじゃ」

「ここは、なんて場所だ?」

「……竜の背。その最高峰、ガルムルの頂《いただき》じゃ」

「へぇ……」

普段ならツッコむだろう多少つっけんどんなレイアの口調も今のサトルは気にならない。それだけサトルはこの光景に心奪われていた。

カメラの下端にレイアの頭頂部が映りこみ、ついでにレイアの全身を映しこんでから、残り半分の撮影を

再開。残念ながらレイアは仏頂面だったので、彼女の魅力は半減である。撮影を続けながら、サトルはふと思い立ってレイアを見た。

「そういや、この世界の名前は？」

「は？　世に名前なんぞいるのか？」

レイアにそう返されて、サトルははたと考える。よくよく考えれば、地球という言い方にしても、太陽と月以外に様々な星が存在するとわかって、区別のためにつけられた名称だ。この世に住まう人々にとってこの地が世界の全てのような認識であるなら、世界に名前がなくとも不思議ではない。

「さっきから主様は何をしているのじゃ？」

さすがに苛立ちを隠さず、レイアはサトルに問いかけた。彼女からしてみれば、サトルの行動は全く意味不明だ。

「これか？」

ぐるり一周し終えて撮影を終了、保存をしてから今保存した動画を再生し、画面をレイアに示す。

「見てみろ」

「……なんじゃこれは」

目をこれでもかと見開いて、食い入らんばかりに画面を見つめるレイア。サトルの携帯電話は型がやや古く、正直画質はあまりよくないのだが、それでも全くこういう物を知らない立場からすると驚きだろう。

動画は進み、声が聞こえて、レイアは目を白黒させつつ、画面とサトルを交互に目をやる。やがて画面の中に仏頂面のレイアが映りこんでレイアの目が真ん丸に見開かれた。

「妾か!?　妾がおる!?」

「ハハッ、予想どーりの反応するなぁ。こいつぁ携帯電話って言ってな。基本的には離れた相手と話をする機械なんだが」

「きかい、となが？」

「からくり、かな」

未開人の期待通りの反応に、サトルは心の底から満足した。科学技術が進んでいない世界に住んでいるのだからイコール未開人とまでは思わなかったサトルだったが、やはり想像以上に驚きと興味をもたれると、知らずとこちらの鼻が高くなる気さえする。レイアはまじまじと携帯電話を様々な角度から見るばかり。

「離れた相手と話をすると……通話石のようなものか。そのわりにはなにやら違う動きに見えるが」

「この小さい機械は、色んなことができるんだよ」

通話石というアイテムが存在することをサトルは認識した。ただ、携帯電話のように機体ごとに番号をつけて連絡を取り合うというのは考えにくい。想像するに、トランシーバーのようなものではないか。

「こんな小さなもので、色んなこと、のぅ……」

「で……なんて説明したもんかな。今はこいつを通して目に見たように風景を記録、かな。今は連続してやったが」

サトルは携帯電話を再び手に取ると、通常のカメラを起動してレイアに向け、シャッターを切った。カシャリ、と機械音がしてレイアが一瞬ビクリと反応したが、危険がないと知って安堵の息をつく。画像を保存しカメラを終了して、先ほど撮影した画像をレイアに示す。

「瞬間だと、こうだ」

「姿がおる……今度のは動いておらぬの」

「瞬間を切り取った、っていう表現でいいのかなぁ……」

写真をどう説明するのがわかりいいのか、サトルは首を捻る。

「魔術で似たようなものがある。動いておったほうを〝幻影〟、止め絵を〝心像〟というのじゃが……なるほど、きかいとやらを通してそれらを見せておるのだな」

「見せている、とはちょっと違う気もするかな。記録したものを見ている」

「記録したもの……ほぅ。では、このきかいで記録したものしか見せられないのだな？」

「そういうこと」

ふむふむ、と頷くレイア。レイアは割と柔軟な思考をもっていて、サトルとしても何かと話が早くて助かっている。これがこちらの常識に拘《こだわ》った相手だとこうも容易くはいくまい。まあ、それはサトルの側としても同じようなものなのだが。

「別に撮られたからって魂が取られたりはしねーから。心配すんなよ」

昔々、写真を撮られると魂が抜かれる、と騒ぐような時代があった。もちろん、そんなことはない。一瞬ビクッと反応したレイアだったが、次の瞬間には安堵した表情を返す。

「お前のは魔術、こちらは機械、というだけの違いだ」

「わかった。主様の世界では機械？　が魔術がわりをしておるのか。しかし、それだと……」

レイアは小難しい顔をしてうぅん、と唸って。

「これは、どうして動いておる？　主様の世には魔術がないんじゃろ？」

不思議そうにあちこちの角度から携帯電話を眺めながらレイアは問う。ただ、触れようとはしていない。

この不死の王は順応度も知的好奇心も高い。長生きしていればそのぶんだけ頭が固くなる輩も多いのだが、幸いレイアはそういうタイプではないようだ。

「魔術はないな。代わりに科学ってぇのが発達していてな。こいつは雷を細工して動いている。電気、って言うんだけどな」

「……主様の世も、大概じゃの」

肩を竦めてレイアが呆れた顔を見せた。わかりやすさ優先で雷を細工などと言ったが、それがあまりに常識はずれだと思ったのだ。とはいえ、サトルもそれ以上の細かい説明はできないし、する気もない。

地球では魔術がないなりに技術が進歩しただけ。こちらは魔術が存在し、現時点では科学が進歩していないだけのことで、ひょっとしたら遠い将来、科学と魔術の融合なども見られるのかもしれないなとサトルは一人ごちた。

「俺のいた世界でも、電気が一般的になってから、二〇〇年弱、かな？　そんくらいしかたってねぇ。もちろん、そこにたどり着くまでにも数えきれねぇほどの試行錯誤があって、そこにたどり着いてんだよ」

なるほど、とレイアは頷き、考え込んだ。パタン、と携帯電話を折り畳むサトル。これもまた、異文化交流である。

「しっかし……とんでもない所に迷宮の入口があるんだな」

ぽっかりと空いた縦穴を覗き込む。見える床までは恐らくは数十メートルはあるだろう。幅もあり、パッと見岩肌も相当滑りそうだから、入り口のここがまず最初の罠なのだろう。レイアは頷いて。

「人間という生き物は、得体の知れないものは即ち脅威として捉える。こちらに然程《さほど》の害意がなくとも、潜在的に脅威と相手が感じておれば、排除しようとするじゃろ。こちらとしては排除されるのを避けたいから、自然、人の手の入りづらい箇所に迷宮は存在するわけよ」

そういう了見は世界が変われどもさして変わらないようだ。たとえ友好的に接してきた相手であっても、相手がこちらの理解を超越した相手であれば、人は恐怖心を抱く。数多の物語や映画で語られてきたテーマだ。

「そういやお前、二〇〇年ちょい引きこもってたんだっけ。何か必要になった時はどうしてたんだ？」

たそうだ。

一言で使い魔というがその種別はピンキリで、買い物に行かせる場合、多くは木製のゴーレムを遣わしてい
「使い魔を遣わしておったよ」

事も無げに言う。レイアは使い魔と言われる存在を何種類も所持しており、その数は二〇ほどにもなる。

一般の人はビビるんじゃ？　とも思ったが、ウッドゴーレムは初級を修めたレベルの魔術で作られるありふれた存在で、単純作業や交渉の必要がない買い物程度によく遣わされ、町でも見かけることが多いそうだ。

「ホントに引きこもりかよ……。俺のいた世界では引きこもりは蔑《さげす》まれてたんだがな」

ニートだのパラサイトだの言われ、引きこもりは社会に適応していない存在と蔑まれる傾向にある現代日本の常識がそのままこちらに転用されるはずもないが、絶句したレイアを見てサトルはくっくっと忍び笑いをした。

薄暗がりの迷宮の中では然程《さほど》も違和感がなかったが、やはりこうして陽の下に出ると、レイアの青白い肌の色は不健康を通り過ぎて若干の薄気味悪さがある。あと、やっぱり小さい――色々と。

「長らく太陽の姿を見ていないから、そんな肌の色になるんじゃね？」

「太陽……ああ、陽《ひ》のことか。それは関係ないぞぃ」

レイアはマントから自分の腕をスルリと伸ばして。

「これは、不死の眷属の肌の特徴なんじゃよ。生ある魂を有する者どもからは忌み嫌われておる。同じ不死の眷属の吸血鬼や食屍鬼なんぞは人を食うしな」

余計なトラブルの種、ということか、とサトルは一人ごちた。不死の眷属というからには、そこに属するものどもはほぼ不死の存在なのだろう。命ある者から忌み嫌われても不思議はない。

「そこで、というわけでもないが、願いというか、頼みごとがあるんじゃが……」

そう切り出して、レイアは一つの願いを口にした。

〝影潜り〟。

なんでも不死の眷属は、日光に当たっていると普段の半分ほどしか力が出せないらしい。それでもレイアの言葉を信じるなら多少の怪物など問題にはならないのだそうだが、疲労感倦怠感なども付きまとうので、できれば日差しの下は遠慮したいと口にした。なお、同属で不死の王の下位にあたる吸血鬼はランクにもよるが陽の光を浴びると砂と化してしまうものもいるが、不死の王はそこまで弱くはないらしい。

そこで、日中、よほど問題にならない限りはサトルの影の中に潜みたい。それが〝影潜り〟だそうだ。不死の眷属だけが持つ特殊術らしい。

「ああ、心配せんでも、妾と話したいと軽く念じれば、声に出さずとも会話はできるし、主様が出てこいと命ずればいつでも出てくる」

「なるほど。便利だな。構わんぞ」

「それと、些少の荷も影の中に入れられるでな。妾の手経由にはなるが」

ほぅ、とサトルは唸った。長期間、旅を続けるとなればそこそこの荷が必要となる。今は食料品もないから身軽ではあるが、これで食料も、となったらリュックサックに余裕はない。それが回避できるのは大きいだろう。

「助かる。……なんだかんだ便利だな」

「まあ、それくらいはの」

ちょいと胸をそらし、レイアはサトルの足元の影をつま先でコンコンと蹴飛ばして。

「では早速」

そう呟くが早く、レイアはスルリと音もなく影の中に潜り込んだ。意思疎通はどうなるのかなと思った矢先、サトルの脳内にレイアのやや高い声が響き渡る。

『おぉ、主様の影の中、広すぎるぞ！　やはり魂があれだけ大きいと、影の大きさも違ってくるのじゃなぁ！』

「ちとうるさいぞ……あー、こっちの声は聞こえてるか？」

『おおスマヌ。ちなみに声に出さずとも聞こえとるよ』

頭の奥から響いてくる声にサトルは眉を顰めつつ、顎に手をやって撫で擦り首を捻った。

「まだちぃと慣れねーから声に出すよ」

ちょいと意識すればというが、感覚が掴み辛い。会話が重要なコミュニケーションだったサトルにとって、思考だけで会話になるのは慣れないのだ。ひょっとしたらこちらの考えてることが駄々もれになるのではないか。

『因《ちな》みに、主様の考えてることが全てわかる、というわけではないから安心されよ』

丁度そのことを考えていた矢先の発言だけに思わずホントかよ、と疑念が走る。

『んー……なんというかのぅ。誰かと話す時、相手に向かって話しかけようと意識して、声に出すじゃろ？　それと同じで、主様が妾を意識さえすれば声に出さんでも妾に伝わるんじゃよ。そうではない、例えばぼんやり考えてる内容まで妾に伝わるなどということはない』

意識の問題。言われてみればそのとおりで、基本、脳の働きだ。

『精神系上級魔術に〝読心〟という相手の心を読む魔術もある。もちろん妾も使えるが、主様相手に使う気はないぞ。そもそも主様相手には通じぬじゃろうが、それ以前に失礼じゃしな』

それくらいのデリカシーは弁《わきま》えているぞ、と言わんばかりの口調にサトルは小さく笑った。ふと、気になった事を聞く。

「〝影潜り〟している時ってよ。レイアの視界や耳ってどうなってんだ？」

『基本的には主様と共有じゃ。ただ、影の中からでも魔術は使えるのでな、〝遠見〟や〝遠聴〟の術というのを使って、それらで視界を遠くに飛ばしたり、同じく遠くの音を聞くこともできる。しかし影の中で魔術を行使するには凡《およ》そ魔力が倍必要でな。妾ほどの魔力を持っていればさして問題にはならないのじゃが、普通はこうはいかんのじゃよ』

「〝遠見〟や〝遠聴〟ね。やっぱ魔術、便利だなぁ」

『どれも使い手次第じゃよ』

「ま、それはどこも一緒かな」

溢れんばかりの才能を有していても、腐らせては意味が無い。様々なことができるアイテムを持っていたとしても、使いこなせなければこれまた意味がない。こちらも地球も、そのあたりの事情は変わらない。生きている限り続くだろう永遠のテーマだ。

「ところでな。この山を下りるの、正直ゾッとするんだが。ここに出て来た時みてーにワープできねーのか」

今いる場所はテラス状になっていて若干広さがあるから問題はないが、ちょいと縁から覗き込めば、結構な角度の岩壁が見える。幸い、天気が穏やかなのは救いだが、これだけの急峻な山をろくな装備もないまま下りるのははっきり言って自殺行為だ。

『わーぷ……ああ、〝転移〟の術のことじゃな。すまぬがあれは使えん』

「なんでだ？」

『根本的な問題として魔力の消費量が大きいんじゃよ。自分ひとりならいざ知らず、主様も一緒にとなるとそうそう何度も使える術ではない。ただ、今だけで言うと、転移先の場所を良く知っていること、という条件があってな。合致しない』

「そうか。あまり無理もさせたくねぇしな……」

とはいえ、この崖を下りるのはな、とたたらを踏む。靴は普通の冬用運動靴で、ハイキングレベルの登山であれば問題はなかったろうが、この岩肌はそんなレベルではすみそうもない。ましてやろくな装備もないのだ。と、脳内にレイアの声が響いた。

『先にも言うたが、主様は半ば無意識に高度な肉体系の術を使うておる。例えば主様よ。今、寒いかや？』

「いや。……そういえばおかしいな」

サトルは首を捻る。高度ははっきりとはしないものの、恐らく標高五〇〇〇メートルは確実にあるだろう。それだけの高地ともなれば空気も薄いはずだし、もちろん気温も相当に低いはず。たとえ夏だとしてもだ。にも拘《かかわ》らずサトルは息苦しさは感じないし、最初こそ肌寒いと感じたものの、今は全く違和感がない。それもサトルの膨大な魔力がもたらす恩恵だとするなら便利すぎではある。改めて、自分の身体がおかしなことになっているんだな、としみじみ感じるサトル。

『今の主様ならたとえ一マイルの高さから落ちても問題ないとは思うが……どれ』

にゅう、とサトルの影からレイアが出てきた。

「出るときにも言うたが、魔力の制御に関しては道々訓練してならしていくしかない。〝飛翔〟という空を飛ぶ術もあるんじゃが、それは細かい制御ができんと危ういでな。今は妾が主様に術をかける。抵抗せんと、受け入れてくれ」

「おう」

サトルは特に身構えることもなく、レイアの術をリラックスして受け入れる。出会ってからほんの数時間ではあるが、奴隷となっていることもあるから、攻撃などはありえないと考えているのだ。問題はそもそもそこから嘘をつかれていた場合だが、そこまで疑っていてはキリがない。レイアは特に動作もすることなく、ポソリと呪を紡いだ。

「〝滑空《グライド》〟」

見た目に変化はない。サトルにもレイアにもだ。サトルは首を傾げる。

「どんな術なんだ？」

「落ちる際の速度が制御されるんじゃよ。まあ見ておれ――〝滑空《グライド》〟」

レイアは自分にも同じ術をかけると、あたりをキョロキョロと見回した。一〇メートルほど下がった箇所に小さなテラスを見つけ、うんと頷く。

「このあたりで良いか」

と軽く言うと、ヒョイ、と崖っぷちからテラス目掛けて飛び下りた。

「お、おい！」

サトルは慌ててレイアを目で追い、自分の目を疑った。テラスに下り立つ直前に羽根でも生えたかのようにふわりと落下速度が落ち、何事もなく着地してのけたレイアが得意げにこちらを振り返っていたからだ。いたずらっぽく笑ってみせたレイアに、サトルも意を決してそちらに向かってえいやと飛び降りる。落下速度はもちろん引力に応じた相応のものだったが、着地する少し手前から減速し、ふわりと地面に降りる。落下の際にも減速の際にも身体には何の衝撃もない。

「へぇ、便利だな」

落下防止の魔術のようだ。これなら万が一に落ちたとしてもダメージは皆無だろう。

「この魔術はどのくらいもつんだ？」

「妾の魔力を思えば、一刻かの」

「刻……？」

この世の時間の単位なのだろうが、もちろんサトルにはわかるはずもない。レイアは空を仰ぎ見、斜め上にある太陽を指差した。

「陽が今、あの位置。だいたい、天頂部あたりまではもつ」

スーッと真上まで指を走らせるレイア。太陽がどれほどの速度で移動するのかはわからないが、地球と同じなら三～四時間ほどではなかろうか。サトルは渋面を作って。

「とりあえず、そろそろかなと思ったら声かけてくれ。にしても、単位なー……。当面、この世界で生きていくなら、流通と度量衡と暦の理解はいるな」

「……暦はわかるが、他の二つはなんじゃ」

「流通は、要は金。度量衡ってのは、物の長さや重さの単位がどうなっているか、だな」

目を瞬かせてサトルを見てから、ほぅ、と唸るレイア。

「なるほどのぅ……目の付けどころがなかなかどうして」

今サトルがあげた三つの違いというのは、それぞれの世を知るにおいても重要な要素だ。地球上でさえ暦はある程度一定なものの流通も度量衡も統一されていないのだから、基礎知識としてそれらは仕入れる必要があろう。サトルは胸元から野帳を取り出しメモしながら、うぅんと呻く。

「文字と言葉も、か。言葉は……ちとお前の使う言葉が古臭い感じがするんだが、通じてるよな」

「最初に会うた時から言葉は問題なかったろ。召喚術の術式の中に組み込まれておるようじゃから問題ない。時折、主様の言語が理解できんことはあるが、それは単に文化の違いじゃろ。主様とて妾の言葉は魔術用語以外はほぼ通じておるじゃろ？」

頷いてみせてから、サトルは気になっていた部分にツッコミのメスを入れた。

「……一応、ツッコんでおく。レイア。お前実は、高貴な出だろ」

「ななな、なんでそう思う」

明らかに狼狽の色を見せるレイア。まったく隠せていない。

「話し方。それに、一人称が『妾』なんて、物語の中くらいでしか聞いたことねーぞ」

「そうなのか……」

がっくり項垂れるレイア。

ともかく、いったん腰を下ろして教えてもらった。

一年は四の節でわける。昔の日本のようなわけ方で、そこは春夏秋冬そのまま。一節は九五日で、春節何日、という言い方をする。つまり一年は三八〇日となり、単純に考えれば地球の公転より長い。一日は六単位で分かれ、刻と呼ぶ。刻の下にこれも六単位で時。最後に十分割で渡、その下の単位はない。

単純に地球の基準に換算すれば刻はおよそ四時間。一時は四〇分、十進法の一渡は四分。基本的に時間の流れがおおらかなのだろう。言い方としては一の刻二時、となり、渡はつけない。ある程度の都市なら深夜にあたる六の刻以外は鐘を鳴らして時を教えてくれるそうだ。あとで実測できるならしてみようとサトルは思った。一日が果たして二四時間なのか、はわからないし。

貨幣単位は、この大陸では古代魔術王国時代から共通で三種。金貨がリブラム（L）、銀貨がシリング（s）、銅貨がディナリ（d）という。サトルの知識の中に、中世ヨーロッパにも同じ単位があった微かな記憶があるが不確かだ。一リブラム＝二〇シリング＝二四〇ディナリとなっているが、リブラムが使われる機会はそんなにないと言っていた。時代によってもちろん物価の変動はあり、二〇〇年以上迷宮の外で買い物などしていないレイアには現在の物価はわからない、と洩らしていた。

度量衡については、長さの単位はインチ、フィート、メジャー、マイルの四つ。重さがポンドだけ。サトルの知識にあるのは英国が確かその単位を使っていたくらいだが、実質の単位は英国のそれとは大分違う。

長さに関しては、一フィートは約三〇センチであることが分かった。レイアが所持していた魔術の発動を補助する短杖《ワンド》が丁度一フィートだそうで、持ち物の中にあった五・五メートルのメジャーで測ったのだ。仕事で必要になるためメジャーを持っていたのだが、それを取り出したらレイアに大層驚かれた。その十分の一が一インチだから、約三センチ。

メジャーとマイルは一気に桁が飛んで、一メジャーは九メートル、マイルは一三五〇メートル。かなり、地球の値とはずれがある。纏めると一マイル＝一五〇メジャー＝四五〇〇フィート＝四五〇〇〇インチだ。

重さに関しては容積も兼ねるそうだ。レイア曰く、二四〇ディナリ（つまり銅貨二四〇枚）が一ポンドの重さに当たる。今は水が詰められている五〇〇ミリリットルのペットボトルと比べてみたら、ざっと八〇枚で同じだったから、一ポンドは一・五キログラムとなる。

言葉は問題ないとレイアも言っていたが、若干野卑《やひ》だとも言われた。これは仕方がない。サトルは礼儀作法に無頓着で、あまりそれらを必要としない職場にいたのだから。ましてやレイア相手にはかなり言葉遣いも汚い。

問題は文字と思っていたが、件《くだん》のＣＭで出したハーディの悲劇が載っている本（元々、児童文学書だったようだ）に文字一覧が載っていた。音から確認するに、形が違うだけの仮名文字のようだ。これなら本をある程度読んで慣れていけば一週間やそこらでいけるだろう。

一通りの単位を野帳にメモしたサトルはさて、とぐるり周りを一望する。

「とりあえず、何処を目指せばいいんだ？」

『大瀑布の方向に山を降りれば、そう遠くない所に街があるはずじゃ』

「大瀑布って、アレか」

『うむ。レイド湖のむこう、白く水煙が上がっているのが見えよう？　あれが大瀑布じゃ』

遠く離れたところでも視認できる大きさの湖、その向こうに白く煙っている方向を見て確認したサトルにレイアが答える。感覚共有でサトルの視界がイコールレイアの視界にもなっているから、間違ったものを指し示すこともない。

「妾も今の世がどうなっておるかは定かではないが、少なくとも町が消え失せたりはしておらんじゃろ」

場合によっては二〜三〇〇年のスパンで町が消滅することもままある。町ができるということは、その場所になんらかの利点があるからだ。利点がなくなれば町は衰退する。ただ、竜の背がもたらす水資源と、寒暖差のある土地だからこそ作れる食料品、それに山から採れる岩石類も商売の種になるのは間違いないから消えてはいないだろう、とレイアは付け加えた。

「よっし、んじゃいってみますか」

最初の一歩に躊躇《ためら》いを覚えたのは仕方なかろう。それでも躊躇《ちゅうちょ》はほんのわずかだった。一〇メートル先に見えた次の足場に向け、サトルは跳躍した。〝滑空〟の効果による空中散歩はすぐに慣れることができた。着地の際に徐々に、かつ勝手に減速するので若干バランスが取りづらかったりはしていたが、慣れると楽しいほどで、躊躇《ためら》いもあっという間に薄れる。

今の季節は夏なのか、雪が残っている箇所も少ない。着地の足場に気をつけさえすれば良い、とわかったサトルはひょいひょいと結構な速度で急峻な山を駆け下りていった。勇気を出して三〇メートルほどを一気に飛び降りてみても、何の問題もない。きっちり見えている岩場を着地点として目指してリズムよく駆け下りていった。これが雪山であれば雪庇《せっぴ》があったりして着地場所も選ばなければならなかったろうし、寒さは体力をいやがおうにも奪い、また雪崩などの危険もある。不幸中の幸いであったろう。

『主様』

「なんだ？」

テンポと機嫌よく下りていくサトルの頭の中にレイアの声が響いた。

『左右どちらでもよいから、少しずつ迂回してもらえぬか』

「そりゃ構わねぇが……なんかあるのか？」

言われるが早く、次の足場を左の方向に定める。

『主様なら何の問題もなかろうが、飛竜の巣穴がある筈じゃ。戦いたいなら別じゃが、余計な手間は惜しむべきじゃろ？』

「そうだな」

（……飛竜、ね）

言葉だけで捉えるなら、翼があって飛んでいる竜なのだろう。見てみたい気持ちはあるが、もちろん事実であれば危険性は高いことが予想される。真っ直ぐではなく左斜めに下りるルートを選び、飛び下りるには不都合そうな箇所はスキップ半分で歩きながらサトルは大き目の次の足場をみつけ、気軽に飛び降りた。

「………」

次の瞬間、サトルの目は釘付けになった。岩肌に大きな洞窟が開いていて、そこにいた四～五メートルはあろう巨大なトカゲに似た生物と目が合ったのだ。それも、複数。

「グルルルルゥウゥアァアァ!!」

体躯に見合った巨大な咆哮がサトルの鼓膜を打つ。目に見える範囲でも一〇匹前後の怪物がサトルを視認し、縄張りを荒らした存在と認識をして一斉に襲い掛かってきた。サトルは慌てて背中から大剣を引き抜き、影の中にいる真犯人に怒りの言葉をぶつける。

「てめぇ！　また嘘つきやがったな！」

「違う！　〝風嵐《エッジストーム》〟！」

影の中からスウッと出てくるが早く、レイアは素早く術を行使した。瞬間、竜巻が巻き起こり、まさに食いかからんとしていた三匹の飛竜を纏めて吹き飛ばす。レイアはすぐさまサトルを庇うように飛竜の群れの前に立つと視線は群れに向けたまま、油断無く相手の出方を伺う。

「すまぬ主様！　恐らく、妾の知らぬ間に巣穴を変えたんじゃろ」

「グァウ！」

一度に五匹の群れがレイアにむかって殺到した。あるものは噛み付こうと、あるものは爪で引き裂こうと思い思いに自らの巣を訪れた招かざる客に攻撃を振るう。

パッと見は小さな少女だ。大剣を構えたサトルよりは組みし易いと動物の本能が判断をした――のだろうが、残念ながらその本能は誤っていた。

「〝風嵐《エッジストーム》〟」

レイアは冷静に術を行使した。風の中級魔術だ。物理的な攻撃力はほどほどでしかないが、瞬間的に大きな風が吹いて、体重が相当に重いはずの飛竜五匹を弾き飛ばす。有り得ないほどの突風に為すすべもなく吹き飛ばされる飛竜。

と、いきなりの突風に吹き飛ばされた衝撃で、バランスを崩した一匹の飛竜の尾がレイアの死角から偶然、襲い掛かった。巨大なトゲのついた尻尾がレイアの太腿を貫き、バッと鮮血が飛び散る。油断ではない。完璧なまでの偶然だ。

「くっ！」

「レイア！」

レイアの身体は小さく細身で、通常であれば致命とまではいかないが大怪我に間違いない。にも拘《かかわ》らず少しの動揺しか見せずにサトルの叫びにチラリと背後の主に視線を向け、不敵に笑った。

「初めてマトモに我が名を呼んでくれたの主様よ。この程度の傷、なんということはない」

レイアはトゲを刺した飛竜を細身の体とは思えぬ力で無理やり押さえつけた。暴れる飛竜だが、すぐにその力は弱くなる。レイアの〝生命力吸収〟によって弱らされたのだ。弱った飛竜を放って慌てず騒がず、刺さったトゲをポキリと折ると、レイアは痛みを堪えつつ一気に引き抜いた。瞬間、じゅぐじゅぐと傷口が蠕動し、塞がりだす。改めて目前で見る不死の王の再生能力にサトルも一瞬慄《おのの》いた。それでも瞬間再生とはいかない。傷跡は大きい。

「ちなみに飛竜の尾には強烈な毒があるのじゃがな。それすら妾には効かぬよ」

そう嘯《うそぶ》きつつトゲを放り投げ、レイアは再び呪を紡ぐ。ふわりとレイアのマントが吹き上がり。

「〝嵐壁〟《ストームウォール》!」

レイアが術を行使すると同時に、二人を取り囲むように砂が舞い、風の壁が生じた。飛竜は洞窟の奥から続々と姿を見せている。吹き飛ばされた数匹もこちらに戻ってくる気配があるが、風の壁に阻まれて近寄ることができない。

「時間稼ぎにはなる。主様よ、妾がこやつらを引き付けるから、その隙に逃げぃ」

「あ!?」

サトルは驚いた。今見せた得意だという風の魔術、それに迷宮の中で試して分かったサトルの健脚。レイアなら確かにあしらえるのだろうし、サトルのあの足なら逃げるのはそう難しいことではない。だが、自分よりよほど小さな少女に庇われるなど、立場が逆ではないか。

「妾なら問題ない。後で必ず合流するから」

サトルを説得するレイアの表情には真剣さがにじむ。

（……正直……ちと数がな）

レイアは正確に事態を把握していた。目の前に広がる洞窟は相当奥行きがありそうで、この山々に住まう飛竜の数を考えたら三〇やそこらにはなるだろう。サトルがこの場からいなくなれば心置きなく魔術をぶっぱなせるし、今が昼だということを考慮に入れても、普段であれば遅れをとるはずもない。

普段であれば、だ。飛竜たちは全く意識していなかったろうが、今までレイアの住んでいた『最も深き迷宮』への障害として、この飛竜たちは少なからず役に立ってきてくれたことをレイアは知っていた。感謝の意識があるから、正直、あまり傷つけたくない。飛竜たちをあまり傷つけることなく主を逃がし、その上で自らも逃げるとなると、相手の数を考えれば無傷では済むまい、と認識をしていた。とりあえずは主にこの場から逃げてもらうことからだ。

しかし。

「レイア」

「なんじゃ。あまり時間はないぞ。いかんせん昼じゃし妾の力も」

「そうじゃない。俺の影に潜ってろ」

「主様⁉」

意外なサトルの申し出に、レイアは素っ頓狂な声を上げて目を白黒させつつ主の顔に振り返った。サトルは不敵な笑みを見せつつ。

「お前は俺の影に潜っていれば安全。そうだな？」

「それは、そうじゃが……」

同じ不死の眷属ならまだしも、単なる獣族の飛竜では万が一にも影の中に攻撃をされることはない。

「で、俺は、お前の言うことが正しければ、この世で無敵な存在。それもそうだな？」

「それも、そうじゃが……とはいえ」

「何だか知んねーが、お前はコイツらを必要以上に殺したくない。だろ？」

自らの気遣いを気づかれていたことにレイアは小さく驚きつつ、頷いた。

「此奴等の群れは、妾の迷宮に至るまでの障害として、意識の外ではあったにせよ、これまで良くやってくれておったから……」

「よしわかった。それで充分だ」

「しかしむぐっ！」

レイアの抗弁を、サトルは唇を塞ぐことで封じた。頤《おとがい》を掴まれてのキスに一瞬レイアの意識が白くなりかける。

「……女を盾にして逃げ出したなんて、男らしくねぇし。俺ぁそんな卑怯者にはなりたかねぇ」

ゆっくりと唇を離し、レイアの目を見てサトルは莞爾《かんじ》として笑った。

「じゃが……」

「〝命令《コマンド》〟だ。潜ってろ」

なおも抗弁をしようとするレイアに、サトルは強い口調で命令を下した。驚き、反抗しようとしてすぐ様痛みが襲い、やがて諦めたように小さく笑みながら、ずぶりと影に沈んでいく。

「ほんに……奴隷のために自らが壁となろうとする主など、聞いたこともないぞ」

「第一号ってヤツだな。悪くない」

クスクスとレイアは笑った。主を信じきった眼差しが、サトルに注がれる。

『すまぬ主様……任せる』

「任された」

サトルは剣を構え、消え行く〝嵐壁〟の向こうで威嚇の咆哮をあげている飛竜の群れに向き直った。賭けである。

己のチート能力が果たして何処まで通用するのか。バッと見、飛竜の群れの数は一五は下るまい。洞窟にはまだ奥行きがあり、中から大物が出てくる恐れもある。大剣で叩き切るつもりはない。構えた剣を横にして剣の腹で叩くべく、大剣を握りなおし。

「かかってこいやぁ!!」

大剣を構え、やたらめったらに振り回すサトル。剣道の心得があるわけではないから、単純にぶんぶんと振り回しているだけだが、それでも飛竜の群れはあきらかに怯んだ。

幸いにして足場は充分な広さがある。囲まれないようにするだけなら壁を背にするのがいいのだが、生憎と壁には洞窟がぽっかりと口をあけている。洞窟の中は巣だ。巣においそれと入ろうものなら、目に見える範囲でも一〇匹はいる飛竜が怒り狂うのは間違いあるまい。

「グゥアゥ!」

〝嵐壁〟の効果が切れると同時にしびれを切らしたか、一匹が真正面から食いつこうと突撃してきた。大口を開けてサトルに肉薄する――と。

(……なんだ?)

サトルの目には、飛竜が突然スローモーションになったようにしか見えなかった。正確に飛竜の顎の動きが見える――サトルは斜め前に踏み出して顎をかわすと、無防備な飛竜の横面を裏拳で叩《はた》いた。

「ギャワゥ!」

そんなに力を籠めたつもりでもなかったのだが、飛竜の頭が明後日の方向に飛んだ。きりもみしながら吹き飛ばされた飛竜は山肌に激突。ズルズルと力なくずり落ちていく。

「はは……ははは っ！」

思わずサトルは声に出して笑った。自分でも想定外の力に、笑いしか出ない。飛竜の群れは目の前で起こった出来事に一瞬驚き、その後さかんに吼え出した。想像以上の難敵だと認識をしたらしい。こちらを警戒している様が窺える。

（……まさかとは思うが）

サトルは自分の感覚を確認するべく、やや無造作に、飛竜の群れの中に単身踊りこんだ。

「どりゃ！」

目の前にいた飛竜に、喧嘩キックをお見舞い。あまりにも素早い動きに飛竜は対応できず、もろに衝撃を喰らって吹き飛ばされた。怯んでいた飛竜たちもその光景に怒りを覚え、サトルへと突撃する――が。

一匹は剣の腹で頭をビンタされ、失神。かぎ爪で引き裂こうとしていた三匹を素早い動きで捕まえると、三匹まとめてジャイアントスイング。三匹は哀れ、虚空の彼方に消えていく。

（……間違いねぇ）

サトルは確信を深めた。身体の動きに合わせたかのように、目も耳もついてきている。襲い掛かってきた飛竜の動きがスローモーションのように余裕で目に追える動きになったのがその証拠だ。それに、力も相当出ている。体躯の大きさを考えれば飛竜は一匹でも三～四〇〇キロはあるだろう。まさかそれらをまとめてジャイアントスイングできるなぞ――チート以外の何物でもない。

『……なんともデタラメな力じゃあ』

脳内で響くレイアの声にも呆れの成分が多く含まれている。

「力の使い方だけじゃなく、目も慣れてきた。この程度ならどんだけ相手でも平気そうだわ」

『どんだけじゃ……』

更に呆れの度合いが深くなるレイアの声。サトルはきっちりと状況を理解していた。迷宮の中でのダッシュで試した際は、脳がまだついてきていなかったようだ。それも時間の経過とともに慣れてきたのだろう。硬そうな鱗だらけの飛竜だと下手に触れるだけでこちらの皮膚が傷つくようにも感じていたのだが、それすら問題にはならない。やっぱりチートになってしまったのだなと、ほとほと自覚する。

『妾の怪我の立場がないのぅ』

「いや、あれは意味も価値もあった。ちゃんと俺のために怪我を負ってでも働こうとするお前を確認できたのが、一番の収穫だった、よ！」

怯んでいる飛竜の中に突貫。剣の腹で次々と殴打を食らわす。

『忠誠心を証明できて嬉しい限りじゃ。あ、怪我はもうほぼ問題ないでな』

「お前もデタラメな体だよなぁ」

苦笑一つ返して、サトルは大きく息を吸い込み。

「相手になんねぇぞぉゴルアァァァァ!!」

力強く叫んだ。サトルの異次元の力に、飛竜どもは慄《おのの》くばかり。周囲を隙間なく飛び交って威圧の唸り声をあげるばかりで、一向に襲ってこない。大剣を肩に担いで、サトルはさて、と考える。こうも遠巻きにしか見ていないのなら、逃げることは難しくないだろう。

と。

ズシン、と洞窟の奥から地響きが響いた。ぬぅ、と姿を見せたのは、サトルの周りを取り囲んでいる飛竜より三回りは大きい、深い藍色の飛竜。

『ヌシじゃな』

レイアの声色に緊迫感はない。あまりにも出鱈目《デタラメ》なサトルの力を思えば、ヌシであろうと相手にはならない。そう感じ取れたのだ。

「ちったぁ歯応えのありそうなのが出てきたな」

サトルを取り囲む飛竜は、吼え立てるだけで一向に襲ってくる気配がないが、ヌシだけはサトルの真正面に立ちはだかって戦う気配を全身に漲《みなぎ》らせている。

「グルゴゥアアァ!!」

バサリと大きく翼をはためかせたヌシは、翼を大きく前に羽ばたかせた。突風が巻き起こり、瞬間、サトルの視界を奪う。その隙をヌシは見逃さなかった。あっという間に間合いをつめると食い破らんとばかりにその鋭い顎を巣を荒らそうとする愚か者に突き立てたのだ――だがしかし。

ガギン!

金属がぶつかり合うような鈍い音が響いた。噛みつかれた左腕、しかしサトルに痛みは欠片もない。歯応えの不可思議さに飛竜は再び顎を開いて勢いをつけて噛もうとする――が、果たせなかった。

一瞬で引き抜かれたサトルの左腕が、飛竜の頭をがっちりとホールドしたからだ。想像をはるかに超える豪腕に、頭蓋骨が「ミキリ」と音を立て、これまで感じたことがないだろう痛みに飛竜のヌシは暴れ狂う。

サトルを突き放そうと蹴りを食らわそうとした飛竜の右後脚が、器用に大剣を小脇に抱え、自由になったサトルの右腕によって捕らえられた。ベキッと嫌な音が右腕のほうからあがる。力任せに捻りあげたから、飛竜の脚の骨を砕いてしまったらしい。飛竜から聞いた事もないような苦悶の叫び声があがる。

「人質ならぬ、竜質だな!」

体部分でも自分の四倍はあろうかという飛竜を力任せに抑えられる人間なぞこの世はおろか、歴史上でも聞いたことすらない。サトルの魔力を思えばそうであろう、そうなるだろうなと思っていたとはいえ、目の当たりにすると。

『……なんともはや』

慨嘆しか出ない。

「レイア。コイツらは獲物をずっと追いかけるような性質なのか？」

ヌシを捕らわれ、周囲の飛竜は戸惑ったように周囲を牽制しているだけ。サトルの腕の中でヌシは翼をはためかせて大暴れしているが、歯牙にもかからない。

『いや。縄張りを離れると然程《さほど》にしつこくは追って来ぬはずじゃ』

「そうか」

聞くが早くサトルはヌシを抱えたまま全力でダッシュをかけ、この場を飛び降りた。風景が急速に流れ、風を切る音。足場を選んでいる余裕はない。小さな蹴りで姿勢を制御しては次々と猛スピードで駆け下りていく。牽制していた飛竜の群れはあまりもの速度に成すすべなく、ヌシを竜質にされたままで追うことも叶わず、その場に取り残された。

＊　＊　＊　＊　＊　＊

一五分ほどのダッシュで岩肌を離れ、緑の気配が濃くなってきたあたりでサトルは追撃の気配がないのを確認し、足を止め、大きく息をついた。

「ここいらでいいか」

最初こそ抵抗の激しかった飛竜のヌシもすっかり大人しくなってしまっている。時折抵抗するかのように翼を大きくはためかすのだが、それすらサトルには問題にしなかった。

「悪かったたな。痛い思いをさせてよ」

頭を押さえ込んでいた左腕の力を緩めてから、足を掴んでいた右腕も放す。まだ襲い掛かってこないとも限らないと警戒は怠ってはいないが、多対一でも相手にならなかったのに、ヌシとはいえ一匹程度なら暴れても問題ない、と判断したのだ。

「グルルゥ」

暴れるかするだろうと思っていたサトルの意に反して、飛竜のヌシは長い首をだらりと下げ、妙な方向に曲がってしまった足を懸命に舐めだした。サトルの感覚のなかでは骨が砕けてしまっているはず、舐めた程度で治るはずはないだろう。襲い掛かられたからとはいえ自分のしてしまった行為に小さく罪悪感が湧く。

「レイア。治せるか？」

「是非もない」

再びスルリと影から出てきたレイアに飛竜のヌシは威嚇の唸り声を上げたが、レイアは何事も感じないように飛竜のヌシの足元にひざまずき、手を翳《かざ》すと呪を紡いだ。

「〝再生治癒《リジェネイトヒール》〟」

ポウ、と淡く白い光がレイアの手に宿り、その光が飛竜のヌシの足元を包み込んだ。ゆっくりと妙な方向に曲がっていた脚が正常な方向に戻っていく。ピキピキ、と木の幹が鳴るような小さな音をサトルは耳にしていた。恐らく、粉砕された骨も治療されているのだろう――便利なものだ。

レイアの挙動を大人しく見ていた飛竜のヌシはやがてえもいわれぬ表情を見せた。レイアは優しげに微笑んで、〝再生治療〟の柔らかく淡い光を頭にも向け、触ることなく一撫で。飛竜のヌシの見せていた表情がサトルの目にもわかるほどに優しいものにかわっていく。やがて、治療の光が消え、レイアはふぅと息をついてサトルを見、頷いてみせた。問題なく治療できたようだ。サトルも少なからずホッとする。

「グルゥアアァアァア‼」

飛竜のヌシは姿勢を正すと、一際大きく空に向かって咆哮した。鼓膜がビリビリ震えるのがわかるほどの声量にサトルは眉を顰める。気配だけで言うなら襲ってくることはないと感じてはいたが、小脇から右手に戻した大剣は油断無く、いつでも動かせるようにしている。

飛竜のヌシはあたりを確認したあと、長い首を下げて顎を地面に擦り付けつつ、サトルに頭を寄せてきた。襲ってくるような動きではない。緩慢として、甘えてくるような仕草だ。

「お。……おお、なんだ」

サトルの左腕にスリスリと鼻先を擦り付けてくる飛竜のヌシを、レイアは三分の一ほどの呆れ成分を籠めた表情で見。

「なつかれたようじゃの」

「おいおい……クッ、ハハッ！　何だよ、馴れると可愛いもんじゃねぇか」

クルクルと喉を鳴らしながら擦り寄ってくる様は大型生物ではあってもどことなく愛嬌があって可愛らしい。元々サトルは両生類や爬虫類の類は苦手としていなかったから、懐いてくる動物を可愛いと思えるくらいの感覚はあった。多少、異次元の大きさだが。思慮深げにレイアは息をついて。

「実際、妾が生きてた時代には、飛竜の卵を盗んで孵化させ、生まれた子飛竜を調教して人を乗せ、疾駆した飛竜騎士というのもおった。今の時代はどうかは分からぬが」

不思議そうに飛竜のヌシを眺める。完全に心を許した態度だ。地面に顎を擦り付けているのは、上顎より強く噛む力を有する下顎は開きません、つまり降参という飛竜の意思表示だったはず。雛や若い飛竜が押さえつけられてこのような態度をするということは聞いたことがあるが。

「しかし、斯様《かよう》なヌシの成竜が人に馴れるとは聞いた事がないのぅ」

飛竜は本来、プライドの高い種族だ。知能は通常の動物からやや高い程度でしかないが、いっぱしの大人となった飛竜が人に慣れた話はあまり聞いたことがない。あまり、というわけで皆無ではないのだが、ヌシともなると話は皆無になる。サトルはしばらく好きにじゃれ付かせていたが、やがて大剣を背中に収めて紐で結わえなおしてから飛竜のヌシの頭の付け根のあたりをポンポンと叩いてやる。

「もういいよ。群れに帰れ」

少し距離を置いてしっし、と手をやったが、飛竜のヌシはそこから動く気配がない。グルルル、と小さく唸っているが、威圧というわけではなく、不平じみた抗議の唸りにも聞こえる。なおもサトルに首を伸ばした飛竜に、レイアは確信した。

「……帰る気はないようじゃな」

「マジか……」

今度はサトルにもわかった。

『私は負けた。だからお前に従う』

そんな論理思考がこの飛竜にあるのかはわからないが、そんな印象を受け、サトルは嘆息する。

「といったって連れて歩けるわけでもなし」

「いや？　そうとも限らん」

あ？　とサトルはレイアを振り返った。

「先ほど言うたろう。飛竜騎士。それが今でも存在するのであれば、飛竜を使役していても問題はない。それでなくとも、高位術者の中には〝隷属〟の下位の術である〝従属〟の術を用いて使い魔として使役するものもおるしの」

飛竜はさして知能は高くないから細かい命令を聞いたりとかはできない。ただ、馬の馴致《じゅんち》同様に慣らせば乗ったりすることはできる。にしても、このサイズの怪物をか——サトルは呆れ混じりに再び嘆息。

「この世も、大概だな……」

「ただ、この大きさの飛竜はなかなか見んと思うが、〝縮小〟の術で体の大きさを変えることも可能じゃし」

へぇ、とサトルは声を上げた。このサイズで連れ歩くとなれば大問題だが、身体の大きさが小さくなるのであればその問題は小さくなる。

「その術はどれくらいまで大きさを変えれるんだ？」

「そうさな。妾の魔力で十分の一くらいか」

十分の一となると、大鷲より一回り大きいくらいか。それくらいのサイズなら肩に乗せて歩くこともできるだろう。ミニサイズとはいえ飛竜をこの世の人々がどれだけ連れて歩いているかは未知数だが、自らを慕ってくれた飛竜のヌシを無碍《むげ》にするのも良心が痛む。ましてや、群れのほとんどをボッコボコにしているのだから。

「……ついてくるか？」

「グルォ」

サトルの声に満足そうに唸って、再び顔を擦り付けてくる。飛竜と意思の疎通ができる人間などいない――そう言いかけて、レイアはその言葉を飲み込んだ。今更、野暮は言うまい。

飛竜のヌシは体の向きを変えると、サトルの前で乗れ、と言わんばかりに腹ばいになった。飛竜のヌシの意図は伝わったが、躊躇いを覚える。

「だ、大丈夫かねぇ」

流石にサトルにも恐怖心が湧く。いかんせん相手は言語の通じない、つい先刻まで野生の中で群れの主として生きてきた飛竜だ。馴致もされていなければ、これだけ大型の肉食系爬虫類、乗りこなせる自信は皆無だ。首の付け根のあたりが少し窪んでおり、そこに腰を据えれば首を跨ぐ格好で座れそうではあるが、かといってさぁ乗るぜ、という気にはなれない。レイアは腰に手をあて、小さく息をついた。

「ま、大丈夫とは思うが……主様の世界に馬はおるかや？」

「いる。いるけど、乗ったことねぇぞ。ましてや鞍《くら》も鐙《あぶみ》も手綱もないし」

現代日本で乗馬の経験がある人などそう多くはない。サトルにも経験は皆無だ。今のところ飛竜のヌシは従順に思えるが、全身を固い鱗で覆った大型肉食獣の背は座り心地がよさそうにも思えない。

「鞍と鐙はどうしようもないが、手綱は革紐と……あれで良いか」

レイアは一本の木を見上げ。

「〝風刃《エア・カッター》〟」

ぼそりと一言、術を行使。目に見えぬ風の刃が枝を薙ぎ、ぼとりと落ちた枝を拾い上げて長さを確認、再び同じ術で枝葉を切り落とし、長さ七〜八〇センチ直径五〜六センチの棒を作成。

「〝穿孔《ドリル》〟」

術を二度唱え両端に孔を穿《うが》ち、穴に革紐を通し結わえてこれも長さを調整。

「〝硬化《ハーデン》〟」

最後に容易く壊れないように〝硬化〟の術をかけて完成。馬具の一種、ハミの簡素なものだ。

「これで固くなった。コヤツの力でも噛み砕けんほどにはな……ってどうした主様。なんだか呆けておるが」

「いや、やりたいこともやってることもわかるんだが、なんつーか魔術の無駄使いにしか見えんくて」

今の一連の作業で〝風刃〟〝穿孔〟各二回に〝硬化〟と五回も術を労している。レイアは素直に笑った。

「魔力の豊富な妾だから問題ないだけじゃよ。普通の人間だとこうはいかんわい」

「だよな」

普通の人間がこんなレベルで魔術を頻発しても平気だとするならサトルも憂懼《ゆうく》するところだったが、レイアは例外中の例外。最も現時点でサトルは例外しか拝んでないので、一般人の感覚がまだ理解できない。サトルは出来た物を受け取ると、飛竜のヌシの顔へとしゃがみこんだ。

「スマン、ちと慣れねぇかもしんねぇが、コイツを咥えてくれるか」

伝わるかどうかはわからないながら語りかけ、同時にかぷりと枝を咥え実演してみせる。飛竜のヌシはグルと一唸り、上顎をカパリと開いた。大きな犬歯に、鋭く尖った歯が二列に渡って生えているのだが、奥のほうに歯はない。サトルは革紐に注意しつつ、枝を飛竜のヌシに咥えさせてやった。飛竜のヌシはしばらく口元を動かしていたが丁度収まるポジションにあたったらしい。再び首をだらりと下げて、サトルに背をみせる。

言葉の通じないはずの猛獣にそこまでさせては今更引っ込みがつかない。サトルは意を決するとヒラリと身を踊らせ、飛竜のヌシの背に跨がり、手綱を握った。レイアは再び影の中に入り込む。飛竜のヌシはサトルが腰を落ち着けたのを確認したかのように身体をゆすってから、おもむろに立ち上がった。

「お……おお」

結構、目線が高い。立ち上がった飛竜のヌシの首根のあたりは四メートルほど。そこにサトルの座高を足せば、目線の位置は五メートルほど。五メートルもの高さから見下ろすともなれば、高所恐怖症ではなくともそれなりに竦みもする。飛竜のヌシは注意深く翼をバサリと広げると、力強く羽ばたき始めた。

「お……おお、おおおお!!」

サトルの分の重量が増えているにも拘《かかわ》らず、影響を微塵も感じさせずに、飛竜のヌシはその図体を宙に踊らせた。もちろん飛竜のヌシに合った巨大な翼ではあるが、その体躯から浮力を得るには厳しい緩慢な動きにも思えるのに、ふわりと浮き、滑空を始める。どうせ魔術がまた関係してんだろ、とサトルは考えるのをやめた。風を切る感覚、森の木々を下に眺めながらの空中遊泳を存分に楽しむことにする――と、その前に一つ。

「……一緒に旅する仲間となるんなら、名前をつけてやんなきゃなぁ」

「グル」

意図したかどうかは分からないが飛竜のヌシも返事をした。サトルも思わず苦笑。

「どうせなら雄雄しい名前がいいか」

サトルは頭の中でそれっぽい名前をズラズラ列挙する。サトルに中二病成分は至極薄いので、ありきたりな名前しか出てこないが、捻った名前にするのも――と、頭の中からレイアの声が響いた。

『ちょっと待て。雄雄しい名前て……主様、気づいておらんのか。コヤツ、雌じゃぞ？』

「何？　お前、雌なのか？」

サトルは正直に驚いて視線を飛竜のヌシに向けた。

「グルォォォォォ！」

自分のことを言われた、とわかったのだろう。飛竜のヌシは大きく苦情の唸り声をあげる。

「スマンスマン」

サトルは素直に自分の非を認め、飛竜のヌシの首筋を撫でてやった。グル、と小さく唸って飛竜のヌシは目を細め、サトルの謝罪を受け入れる。

「ヌシとか言うから、てっきり強い雄なのかと」

知能はあまり高くないというわりには、こちらの言葉を完璧に理解している気がするのだが――まあ、意思疎通が図りやすいのはいいことだ、とサトルは深く考えるのをやめた。当然のことながら、異世界の獣の生態系なぞ、知識にない。

『一部の動物ではそういうのもあるようじゃが、飛竜は逆じゃ。雌が少ない種族でな。雄を囲うんじゃよ。それで、強い雄を選んで卵を宿すんじゃ』

言ってから、レイアは自分でも引っ掛かりを覚えた。『強い雄に惹かれた』――まさかとは思うが。

「んー。じゃあ……ミネルバなんてどうだ」

竜騎士と言われて真っ先に思い浮かんだのがそれ。本来、竜に乗っていた人物の名前で、竜の名前ではなかったはずだが、閃いちゃったのだから仕方がない。

『いい名じゃと思うが、主様の故郷に由来があるのか？』

「確か、古い神話の女神の名前だ。竜で真っ先に思い浮かんだ」

嘘はついていない。

「グルルゥ」

「気に入ったか。よぉし、お前は今日からミネルバだ！」

「グルオオォォ!!」

一際大きく吼えるミネルバ。ミネルバの咆哮が、竜の背の森に響き渡る。

こうしてサトルは新たな仲間を迎えた――また、人外の。

＊　＊　＊　＊　＊

ミネルバの背に乗っての旅は気持ちいいの一言である。

然程《さほど》に速度が出ているわけでもなく、かつ安定性も高いものだから、サトルもすっかり楽しむ余裕が出てきた。手綱は自らのバランス取りのために持っているだけで操縦の役に立ってはいないが、元々扱えるはずもないのだから一緒であろう。

窪みの部分は存外柔らかく、臀部の負担も思った程ではない。むしろ腰骨がしっかりとはまり込んでいるからズリ落ちる危険性も少なく、無理に鞍や鐙を取り付ける必要性を感じないほどである。

二時間ほど空中散歩を続けたサトルは眼下に小さな湖を見つけ、ポンポンとミネルバの首筋を叩いて、そちらを指差した。心得たとばかりにミネルバはそちらへと翼を向ける。

会話にはならないが意思疎通は完璧といっていい。サトルの影の中にいるレイアもそこが不思議でならないのだが、まあ通じているんだしいいじゃろ、と考えることを放棄した。影の中にいてできることなぞたかがしれている。

バサリバサリと羽ばたき大きくほとりに降り立つミネルバ。その音に驚いた鳥と水を飲んでいたのだろう小動物がパッと散るように逃げていく。

「一休みしようぜ」

ヒラリとミネルバの背から降り立ったサトルは大きく伸びをした。割合リラックスして乗ってはいたが、目に見えぬ疲労感はどうしても付きまとう。それに、ミネルバもどれだけ飛び続けられるかはわからないのだから、合間合間に休憩を挟むことも必要だろう。

サトルはあたりをぐるりと見回した。木々が茂っているが木の高さは五～六メートルほどでそんなに高くはない。葉は青々とは茂っているが、足元の緑の気配は鬱蒼《うっそう》というほどでもなく、湖に近い環境の割には少ないくらいだ。

ゴクゴクと湖の水を飲んでいるミネルバを見つつ、サトルも湖の水を一掬い――温い。

「あー、主様。やめといたほうがよいぞ」

いつの間にか影から出てきたレイアが背後からサトルに声をかける。舌打ちひとつ、サトルは水をそのまま溢した。

「飲み水にはならんのか？」

視線の先にいるミネルバはゴクゴク飲んでいる。

「飛竜であれば問題はなかろうが、主様にとってはあまりよくない。火の成分がちと強い水のようじゃ。じゃから周囲の木々もあんまり育っておらんじゃろ」

「なるほど」

火の成分が強い水、というのも相反しているような気もするが、魔に関しては目の前の美少女はエキスパートだ。従わない道理がない。恐らくは温泉なのだろう。元の世界の温泉でも飲用に適したものとそうでないものとがあった。仕方なしにリュックサックの中からペットボトルを取り出し、水を飲む。

「水が必要なら魔術で用意する。そちらの方が安全じゃよ」

「そんなもんか」

魔術で水が作れるのなら、旅に余計な水分を用意する必要はなくなる。水分は必要とされる割に荷物になるから、それらを持たずに済むのなら楽だ。

「あと、そこのハラムの実なら人も食えるぞ」

指差した先には薄い黄緑色の洋ナシのような果物が三〜四個生っている。

「お前がとってくれてもいいだろうに」

サトルの指摘にレイアは肩を竦めた。

「無理……というのは正しくないか。妾が果物などに触れたら、〝生命力吸収〟で果物の養分を吸ってしまうでな。まずくなること請け合いじゃぞ？　パンなどの加工されたものなら触れても問題はないのじゃが」

「あー……」

なんとも不便な話である。この世の理《ことわり》から外れた存在のレイアは、やはり迷宮の中にいるべき存在なのだろう。外の世界は彼女にとって不便ではないにせよ、色々と理《ことわり》から外れていることを認識させて何かと辛いのかもしれない。

サトルは仕方なしに自分でそのハラムの実をもいで、外套の裾でざっくり拭いてから一口食べてみた。外見に反して食感は桃。ただし、皮が硬い。甘みの中に独特のえぐみが入っていて、これはこれで食べれないことはないが、何個も食べたいものではない。

「うーん……シロップ漬けなんかにしたら美味くなりそうな」

「おお、よく知っておるな。人の社会ではハラムの実はシロップ漬けで食べるのが一番美味とされておる。ただし、シロップに漬ける時点で高級食材となるから、ホイホイ食べれるものではないの」

へぇ、とサトルは食べかけのハラムの実を見た。まあ何にせよ、何でも腹にいれられるのならそれに越したことはない。

「そういや……この世界に神様とかはいるのか？」

サトルの問いに、レイアは不思議そうな顔を見せた。

「無論、おるぞ？　主様の世には神はおらぬのか？」

（……いるのかよ）

思わず小声でツッコんでから、小さく肩を竦め。

「あー……俺のほーの世界には、分かりやすい神様はいない。いる、と信じているヤツは大勢いるが」

ほほー、と物珍しげなレイアの感嘆。と、サトルはふとしたことに気づいた。

「てかよ。この世の『理《ことわり》』の埒外の存在とやらな俺を、神様とやらが排除しようとしたりはないのか？」

こういった異世界に飛ばされた物語において、そういった話はよく見られる。サトルはそれを危惧したのだが、レイアは一瞬キョトンとした顔を見せてから、声を上げて笑い飛ばした。

「ハ、アハハハ……それはない、ないぞ主様」

一頻《ひとしき》り笑ってから、レイアは不満そうな顔を見せたサトルを拝む。

「すまぬすまぬ、馬鹿にしたつもりはない。何故ならな。神はこの世にはいるが、顕現して力を行使するとか、そういう類ではないのじゃよ」

一旦言を切って、足の裏でトントンと地面を踏みしめる。

「この大地こそが、神なのじゃ」

「……は」

一瞬サトルは呆れかけたが、よくよく思えば元の世界の神話にもそういった話は多い。地母神だの神の死体だの色々だ。

「神は我々に具体的な恩恵は一切与えぬ。この大地とその恵みこそが神の与えし恩恵。我々は神に生かされておる……あ、妾は半ば死んでおる身じゃから、生かされているはちと違うかの」

サトルは即座に納得した。奇跡とかを起こす類ばかりが神ではない。等しく恵みを与えてくれる大地こそを神と崇める。そういえば魔術の分類でも、聖という分類があった。それらの魔術は神への信仰によって与えられるものではなく、あくまで適性で使える使えないが決まるだけ。大地に感謝を捧げるという信仰なら、サトルにも多少馴染みはある。その一方で、サトルは重大な事実にようやく思い当たった。

「もう一つ。これ、一番先に聞いておくべきだったな。大事なことを忘れていたよ」

「なんじゃ？」

「この世でも……死んだら、それっきりだな？」

「もちろんそうじゃ」

キッパリと断言するレイア。命の価値はひとつきりで、等価。奴隷は主のためなら命を捨てなければならないと聞いて命が軽いのだなと思ったから、ひょっとして蘇生の魔術なりあるのではと考えたのだが、そうではなかったようだ。思い返してみれば地球でも中世、奴隷制度はあちこちに存在していて、その命の価値はかなり低く考えられていた時代があった。

「より厳密に言えば、魂が壊れ、砕けたらしまいじゃ」

そう言ってから、レイアはひとつの可能性に思い至る。

「……まさかに、主様の世では死者が甦《よみがえ》ったりするのかの？」

「それこそまさかだ。物語の中でそういう話はあるが、実際にはないよ」

ふう、と安堵の吐息をつくレイア。死は絶対の理《ことわり》だ。よもやサトルの世界で甦りがあるとするならと考え、寒気を覚えたのだ。そんな世は、普通たりえない。

「肉体が残っておっても、魂が壊れてしもうたならどんな強者もしまい。それはこの世の絶対じゃ。我ら不死の眷属とてそれは同じぞ」

レイア自身はその理《ことわり》から外れてしまった存在ではあるのだが、それでも魂が壊れれば、彼女でさえも死に至る。甦りなど、あってはならないのだ。

「違いは、人は時を経る毎に魂が脆くなり、やがて壊れる。不死の眷属はの、年を経ても脆くなる事がないのじゃよ。理《ことわり》を逸脱しておるから、忌み嫌われもする」

サトルは深々と頷いた。真に不老不死であるのなら、成長もない代わりに、老いも永遠に訪れない。老化しないという一点だけでも、人の身からすれば羨望の対象であり、恐怖の対象足り得るのだ。

「エルフは人の」

「エルフ!?」

レイアの台詞にかぶせるようにサトルの驚きの声が混ざった。台詞を中断されたレイアは小さくふてくされたが、サトルはテンションを高く、ふてくされたレイアに気付かずに一方的に捲し立てる。

「へぇ、本当にいるんだな。アレだろ、森に住んでてちょいと耳が尖ってて細身で人間より長生きだったりするんだろ！」

テンション高く語るサトルにレイアはふてくされていた自分を忘れ、意外そうな視線を向ける。

「よく知っておるではないか。主様の世界にもおって、希少な種族だったりするのかや？」

「いや、いない。物語やゲー……作り物の中では沢山出てくるけどな……へぇ～、実在してるんだなぁ」

いずれ見れるのかと思えば、ウキウキする。そんなサトルにレイアは苦笑。

「先に簡単に説明すると、この世に住まうのは六族。地水火風の四元素の組み合わせに順じておってな、『水と風でエルフ族』、『土と火でドワーフ族』、『火と風で獣族』、『水と土で水棲族』となる」

「へぇ」

「水と火は相反し。土と風も相反するので、その組み合わせの種族は存在せぬ。人は特定の属性には恵まれておらぬ。言わば、無属性。そして、ほぼ姿を見ぬが魔族というのがある。これらは逆にその四つが混じり合った、まさしく混沌の存在。一応、妾のような不死の眷属もおるが、扱い的には魔族じゃよ」

「じゃあ例えば飛竜も、獣族になるのか」

「そうじゃ。あと、五竜と呼ばれる者がおるが、これらは特別な存在でな、『東の主・風のサンダードラゴン』、『南の主・火のファイヤードラゴン』、『西の主・土のアースドラゴン』、『北の主・水のウォータードラゴン』、そしてそれらを統べる王者、霊峰ネビスに住まう黄金竜『フェザードラゴン』」

サトルは野帳を取り出しメモをとる。

「彼らは人間同士の争いに加担せん。ただ、見守っているだけでな。戯れに力を与えたり貸すことはあるが、基本的に不可侵じゃ。前に、魂だけなら主様はフェザードラゴンも従いうるとは話したが、妾も含めて、この地に住まうものでフェザードラゴンに敵うものは誰一人としておらぬ。この世の最強。それがフェザードラゴンじゃ」

ゴクリと唾を飲み込むサトル。レイアの顔は真剣そのものだ。

「妾とて、関わりたくはない。フェザードラゴンは温厚静謐な性質で、直接人を襲うなどはないとされておるが、その力は絶対じゃしな。じゃが一方で、知らぬ物はないと言われる程の物知り。彼の知識を求めて霊峰ネビスに向かい、命を落とす者もまた多い」

居場所ははっきりとわかっていて、王者は襲ってこなくとも、命を落とす者が多い危険な場所という事。

「ま、関わらないにこしたことはない」

と言いつつ、レイアもサトルも薄々思っていた。何となくだが将来、関わりあうことになるだろうと。

この後、もう一度の休憩を挟んで、ミネルバの背に揺られながら一気に距離を稼いだ。

空中散歩も心地よかったが、そろそろ太陽が傾き始めていた。陽が落ちる少し前に川のほとりに丁度良さげな場所を見つけ、ミネルバを促す。

サトルの腕時計は六時を差していて、夏であるなら時差も含め、地球の自転とそんなに変わりはないのだろう。

「ここをー、キャンプ地とー、するー」

休憩を挟みつつだったとはいえ、ミネルバもそんなに疲れてはいないようだが、旅自体相当な長丁場が予想される。今のうちから無理をすべきではなかろう。旅のもう一人の相方、レイアは陽光が苦手だから、実はこれからが彼女の本領発揮の時間帯なのだろうが、サトルやミネルバはそうもいかない。夜は危険も増える。休めるうちにしっかり休んでおく事は必要なのだ。

「グルゥ」

ミネルバが一唸り。ん？　とミネルバを見るサトル。ミネルバはサトルに鼻先を擦りつけてから、おもむろに翼を広げてヒョイとジャンプをし。

ズドォン！

河面に見えていた大きい岩に一蹴りを食らわした。いきなり響いた地響きにサトルは思わず肩を聳《そび》やかす。ミネルバの挙動の意味がわからず、目を白黒させていると、ぷかりと水面に川魚が浮いた。それも結構な数だ。ミネルバは満足そうに首を上下に動かすと川魚をパクパクと食べていく。

「ああ、なるほど」

サトルは納得した。ハンマーなどで岩を叩き、振動で気絶した魚をとる漁法というのは確かに存在する。それを飛竜が知っていたのが驚きだ。と、ミネルバは三匹、食べずにサトルの足元に放って寄越した。

「……おすそ分けか？」

ミネルバはグルグル唸るだけで、食事を再開する。ミネルバにそういう意図があったのかはわからないが、素直に有難い。

「……ヌシが斯様な行動をとるとは聞いたことがないのぅ」

影から這い出てきたレイアが不思議そうにぼやいた。

通常、飛竜の雌は群れのヌシとして崇め奉られていて、雄がとってきた獲物を食べるだけの上げ膳据え膳なはず。雌が狩りをすることなぞ滅多にない。どころか、取れた獲物をおすそ分けするなど。

ひょっとしたらサトルのことを自分の子のように思っているのでは、そうなら納得もするのだが、どうにもそんな気配はない。

「ま、有難いことに変わりはねぇし。ひょっとしたらヌシの思考って、普通の飛竜と違うんじゃねぇの？」

「やも知れぬ。ヌシの生態を調べた例はないからのぅ」

　通常の群れを調べるだけでも危ないのに、ましてやヌシの生態を調べた前例はない。飛竜の子や卵を盗んで人が乗れるようになるまで馴致する商売もあるが、あれなぞ命がけだ。

「レイア。一旦この魚、凍らせることできるか？」

「ん？　容易いが、何のために」

「川魚ってな、寄生虫が多いんだ。腹下しの原因になりかねねぇ。凍らせると大概死んじまうからよ」

「ほほぅ。主様は物知りじゃのぅ。では早速。〝冷凍《フリーズ》〟」

　ヒュウ、とレイアの指先から冷気が巻き起こり、あっという間に三匹の魚を凍らせる。

　パッと見た目ヤマメに近い魚のようだが、いかんせん異世界だからどこで何が起こるか知れたものではない。慎重に慎重を期したのだ。

「サンキュ……っと、ありがとうな」

　うん、とサトルのねぎらいに頷いて返してから、レイアは小首を傾げた。小さな違和感を感じる。別にサトルが礼を言ったことにではなく、自分の中にだ。

　サトルはそんなレイアを無視して鼻歌交じりに森に入り、薪となりそうな枯れ枝を拾い集めている。枯れ草と薪を器用に組み合わせ、ちゃっちゃとリュックの中からライターを取り出して火をつけた。

「おぉ？」

　驚いたレイアに、サトルは一〇〇円ライターをかざし、火をつけてやった。レイアの目が丸くなる。

「便利な道具じゃな。〝着火〟という術があるんじゃが、それを簡易に使う道具か。それも、科学、かの」

「そうだ。説明は俺にはできねぇからやめとく」

ガスは説明できても、それを液化する説明ができない。適当な岩をまな板に、サトルは腰に下げたナイフで魚を捌いた。内臓が寄生虫の最も多い箇所なので取り除いて、身を適当な枝に刺し、焚き火の周りに枝を刺す。

「器用じゃの」

「まあ、一人で生きてきたから何かとな」

魚の捌き方などは一人暮らし当初はもちろん知らなかった。釣りが趣味の同僚が時折おすそ分けしてくれる中で覚えただけの話だ。川魚の寄生虫云々の知識もその中で得ている。本当なら凍らせた後に時間が必要なのだが、この際それは仕方ない。

リュックの中から塩とコショウの入った小袋を取り出す。海外旅行に行った同僚から貰った、機内食の際にでたものだそうだ。面白がって貰ったものが、まさかこういう形で役に立つとは思ってもみなかった。こうしてみると、魚を捌く知識もそうだし、リュックの中に入っていた持ち物もそうだが、かつての同僚のみならず知人がいかに自分をフォローしてくれていたかをしみじみと感じ、懐かしむ。

まだ現代日本を離れて二日だから、懐かしむにはまだ早いのだが、会えないと思うとどうしても望郷の思いも含めて、会いたい気持ちが強くもなる。

「町まであとどれくらいだ？」

「二〜三〇マイルかの。ミネルバなら一刻と少々か」

「てことは明日の昼前には町に着けるか。……ある程度まで近づいたら、ミネルバを小さくして歩きだな」

「直接乗り付けてもいいと思うが」

「アホ。俺は目立ちたくないんだよ。田舎町なんだろ？　飛竜に乗った存在がそんな一般的とは思えねーぞ」

サトルは悪目立ちすることを避けようとは思っていた。もちろんなにかと限界はあるだろうが、避けようと意識を持つことは無駄にはなるまい。魚は遠火でじっくりと焼き、塩コショウを丁寧に振り掛ける。本当ならもっと豪勢にかけて焼きたいところだが、単純に塩が少ないのだから仕方ない。明日にも着く町でそれら調味料の購入は必須だろう。

「とりあえず今日はここで休むんじゃな。では、〝結界〟をかけておこう」

「〝結界〟ね。そういやそんなこと言ってたな」

林の中で夜営することは危険が満載だ。テントもない以上、虫や獣は寄り放題。幸い、ミネルバがいるから獣はおいそれとは寄ってはこれないだろうし、レイアは基本睡眠を必要としないから、夜間の見張りにはなるだろうにせよ、危険性を減らせるのならそれに越したことはない。

「妾の〝結界〟の術はまさしくこの世でも屈指ぞ。怪物や虫、人も勿論寄せ付けぬ。中の音は外に漏れぬし、また、それと気づかぬうちに人らを遠ざける術でな。完成させるのに苦労したぞ」

小さな胸を張っての自慢にサトルは素直に感心した。

「ほー。オリジナルの術か」

「おりじなる、と」

「独自？　自分が開発した自分だけの、って意味」

「おぉ。そうそのとおり」

レイアは褒められたことに満足げに頷いてから呪《まじない》を口の中で遊ばせた。

「〝五重結界《フィフスバリア》〟」

一瞬、キイン、と甲高い音がした。結界と言うものの、目には見えない。ふぅ、とレイアは息をつく。

「これでよし。一メジャー《九メートル》四方の空間で結界を張った。二刻《八時間》ほどはもつゆえ、当面の心配は無用ぞ」

自信満々なレイアの声に、サトルは焚き火の煙を見上げた。普通に立ち上っている。サトルの視線に気が付いて、レイアはああ、と声をあげた。

「内から出る分にはなんの問題もない。ただ、不用意に表には出んことじゃ。この空間の知覚ができんようになっておるから、戻ってこられんぞ」

「なるほど」

ほとほと便利だな魔術って、とサトルは唸る。もちろん、長年の研究が色々あってこういった形にはなっているのだろう。元の世界における科学技術と同じだ。サトルは焚き火の近くに刺していた焼き魚を一本手に取り、背からかぶりつく。

「ちと味が薄かったか……まあ仕方ねぇや」

塩コショウの量が少なかったのだからこれ以上は贅沢だ。あまり焼けていない頭の部分は食べずに、残り二匹もしっかり焼いている部分だけを食してとりあえず腹を満たしたサトルは、傍らに座るレイアに振り返った。

「レイア。ちと頼みがある。なんちゃらの悲劇だっけ、あの本、俺に読み聞かせてくれねぇか？」

「おぉ。主様は存外勤勉じゃの。良きことじゃ」

レイアを膝に乗せて本を開く。文字の規則性はたまたまなのだろうが日本の仮名文字とほぼ同じ。まず五つの母音を覚え、そこからこの文字はなんと読むかを確認し、別紙として添付されていた文字一覧と照らし合わせて、読み聞かせにあわせて慣らしていく。文体も文法も日本語に同じなので、これなら本当に手間はかからない。サトルからすると絵本を読んでもらっている感覚だ。

＊　＊　＊　＊　＊　＊

この世の成り立ちも、大概の世界がそうであるように、神話から始まる。

しかし小難しい内容はない。唯一の存在であった神は大地となり、四元素を残して種族が誕生し、五竜が借り受けて住まうようになったとさ、で終わる話だ。

その後、人、エルフ、ドワーフ、獣族、水棲族、魔族の時代があり。やはりというか、魔族と人族を中心とした戦いの物語が発生。激戦の末に最終的には人族が勝利し、魔族は大地から追い出されるに至りましたとさ、で終わる。

固有名詞は全て無視した上でざっくりと話を聞いているが、よくみられるような話だ。特に目新しさはない。ただやはり男子なので、戦いの物語にはわくわくしてしまう。人はその旺盛な繁殖力で主役となり、魔法王国と呼ばれる国家が次々と生まれ、戦いの歴史をまたここで刻む。

が、九〇〇年ほど続いた魔法王国群の時代はある日突然、終焉を迎える。災厄の七日間と呼ばれる一切が謎の出来事があり、ひとつ残らず滅亡。

「災厄の七日間、ね……」

「何があったかを詳しく知っておるものは誰もおらんよ……や、フェザードラゴンなら知っておるかも知れぬか」

その後、僅《わず》かに生き残った人々が再び人類社会を形成し、五〇〇年少々の歳月が流れて現代に至っている。古代魔法王国の技術なども災厄の七日間の結果、ほとんど潰えたが、今では再び魔術が普通に使われるように至った――。

「そういや、ちょっと気になったんだが」

野帳にメモを纏めながら、サトルはレイアに問いかける。

「古代魔法王国は魔『法』で、今お前が使ってるのは魔『術』なんだな。違いがあるのか？」

単に言葉の問題なのか、意味があるのかが微妙に気になっただけだ。レイアは、んー、と一つ唸って。

「経緯までは妾も細かくは知らぬが、古代と現代とでは術の使い方が少々違ってな。えぇと確か、魔法はそれぞれの国が魔力の塔で魔力を管理していた恩恵で、国の民であれば魂や素質に関係なく誰しもが使えたそうなんじゃ」

現代の魔術は素質によって使える術に差がある。

「古代魔法王国群の滅亡の際、生き残ったのは国の民としては外れておった農奴などの奴隷階級で、本来マトモに使えなかった魔法を、魔術として再構築した、という歴史があるのじゃよ。ほぼ無尽蔵に、才覚なくとも使えた魔法とは別に、魔術は魂や才覚によって使える内容が異なる。詠唱が必要になったり呪を紡いだりも必要になった。法とは別の術、故に魔術と言われておる」

なにかとんでもない出来事があって、一度文明が滅びかけた。その際、魔法の文化や技術も大半が失われたが、魔術として甦った、それが現状——召喚されたのが今の時代で良かった、とサトルは小さく思った。なんせ無尽蔵とも思える魂がサトルの大きなアドバンテージ。古代だったならそのアドバンテージも小さきものとなる。

いつしか焚き火もほとんどが熾《おき》になっていた。陽も落ち、あたりもすっかり暗い。月がやや遠くに二つ見えているのが、ここが故郷の空ではないことを教えてくれる。星の瞬きも数が多い。見慣れぬ星座。綺麗な眺めではあるが、余計に自分が異世界にいるのだということを感じ、少し物悲しくなったサトルは本を閉じ、レイアの頭を撫でた。

「んじゃ俺、そろそろ寝るわ」

「ん……もうか」

感覚では夜の八時をまわったあたり。日本にいた頃よりは確実に早いが、陽が落ちてできることが減るのだから仕方のない面もある。レイアの背嚢《はいのう》から革を取り出し、片方は敷いて片方は掛けた。昨日と同じ要領だ。ちなみにミネルバは身体を丸くしてすでに休みの態勢をとっていて、寝息のようなものも聞こえる。

「おやすみ。見張りは適当でいいぞ」

ゴロリと横になり、目を閉じた。今日は山を下りただけ。こんなペースではいったいいつになったらヤースの元へ辿り着けるのだろうか。幸い、ミネルバという仲間を得たから移動は楽だし速度も出ようが、どうしても不安になる。

と。もぞもぞとサトルの懐にレイアが潜り込んできた。反射的に抱きすくめてやる——すぐに違和感に気付いた。レイアは、全裸だ。思わぬシチュエーションにむくむくと反応したムスコに、レイアはそっと手を這わす。積極的なレイアに驚きつつ、サトルはレイアに呆れの声を向けた。

「あのなぁ……」

「……こうでもせねば、主様は妾に遠慮して抱いてくれぬじゃろ」

間髪入れずにレイアはサトルの顔を見上げ、濡れた紅い瞳を向けた。手は変わらずサトルのムスコをズボン越しになですさすっている。

「……」

図星を突かれたサトルは思わず押し黙った。処女膜が再生されると知って、さすがに遠慮をしようと思ったのは確かだ。レイアが遠慮するなと念を押した時には適当に誤魔化したのだが、鋭敏な彼女は察したのだろう。それと気付かせずにさらっと寝るつもりだったサトルの考えなどお見通しだったのだ。

「妾はそれが一番辛い。主様に遠慮をさせるのがどれほど苦痛か」

破瓜の痛みより、主に遠慮をさせることの方が辛い。そう言い切ったレイアの強さにサトルは舌を巻いた。

飛竜の巣に誤って飛び込んだ際にも、すぐさま影の中から飛び出してサトルを庇うように飛竜の前に立ちはだかったレイアの忠誠心というか、責任感の強さに感心もしたのだ。とにかく、レイアは本気なのだ。

「主様がしてくれぬというなら、妾はこうして自分からいたすしか」

サトルはなおも言葉を続けようとしたレイアの口を物理的にふさいだ。

「ふっん……」

レイアは躊躇わずに受け入れたばかりか、自ら舌を差し入れてくる。自分の口腔内に侵入してきた少女の舌を、サトルは舌で迎撃した。ねっとりと舌と舌を絡め合う。一歩も引く気配を見せないレイアに、サトルは白旗をあげた。唇を離し、後頭部を撫でつつ、苦笑を向ける。

「わかったわかった……俺が悪かった。ったく、この意地っ張りめ」

「その成分がないとは言わぬが、同じ気をつかうなら、いっそ一日じゅう妾をなぶってくれる方が妾も嬉しいんじゃ」

「そんなに俺がもつかバカタレ」

ごくごく軽く額を小突き、小突いた部分に今度はキスを一つ。

「今後は遠慮はしねぇからな。ただし、どうしても嫌な時はそう言えよ？」

レイアはこくんと頷いた。

「妾は、主様が好きにしてくれるのが一番じゃ」

「気持ちは嬉しいがな。あんまり自分を殺して尽くされても、こっちが重荷になる」

う、と小さくレイアは呻いた。サトルは笑う。

「けどま、お前の気持ちはわかった。好きにいたぶらせてもらうからな。覚悟しろよ？」

悪人面で囁いたサトルに、レイアは期待の色が篭った表情で何度も頷く。やはり、ドMの成分も持っているようだ。

「じゃあまず、立って、ちゃんと裸の姿を見せろよ」

「ん」

レイアが立ち上がる。サトルも胡座をかいて、自らの奴隷の肢体を真っ正面から見据えた。

月の白い明かりの下に青白い裸体が浮かぶ。手を後ろで組んで動かさないようにしてるのは、油断をすると手で胸や大事なところを隠しそうになるからだろう。青白い中に浮かぶ乳首の色は艶めいたピンク。胸のサイズはやはり小ぶりだが、ちゃんと膨らみは女性であることを主張している。

肉付きが全体に薄く、ほんの少しだがあばら骨が浮いてみえる。抱き締めるとぽきりと折れてしまいそうな小さな身体。ウェストはくびれ、細い。そしてその下は、毛が生えていなかった。パイ◯ンに程近い、産毛がぱやぱやと見えるだけ。大陰唇は少し解れ、淫らな匂いがアソコから湧き立っている。

一六歳で顕現したというが、ひょっとしたら数え年なのかも知れない。そして彼女は若干成長が遅かったのだろう。少女から大人の女性への階段を登り初めて程なく成長を止めてしまったのだ。

神々しさと艶かしさが丁度よくバランスをとっている独特の雰囲気があって、サトルは知れず嘆息した。

「……やっぱすっげぇ奇麗な身体だな。この身体が、俺のモンなのか」

「……身体だけではない。魂も心も、全て主様のものじゃ……あっ」

ずっと見ていただけだったサトルが太ももを撫で、レイアは小さく官能の声をあげた。全身に遠慮なく浴びせられる視線を感じ、先刻から体の奥がムズついている。

「少し、足を開け」

応じて足を開く。少し腰を突きだしたのは、サトルの視線を感じ、自然と動いたものだ。

「こ、これは……なかなかに恥ずかしいの……」

直接触れてもいないのに、アソコが解れていくのがレイアにもわかった。自分のいやらしさ、さもしさがはっきりと自覚され、言い知れぬ恥ずかしさに思わず身悶える。ふっ、と息が吹き掛けられた。

「ひゃあん！」

意図せずあがった矯声に真っ赤に頬が色めく。そんなレイアの反応をじっくりと楽しんでいたサトルは顔がにやつくのを抑えきれていなかった。

「んじゃ鬼畜な俺は、もっと鬼畜な命令でもするかね」

太ももを撫でていた手を離し、レイアの目を見て、告げる。

「自分でオマ〇コを広げて、俺によく見せるんだ」

「うぁ……」

サトルの鬼畜な宣告の意味を悟って、レイアは思わず呻いた。が、もちろん断る気はない。なぜなら主がそう望んでいるのだから。レイアはこれまでよりやや腰を突きだし、両手の指で大陰唇を広げた。

「んっ……うぅ、こ、こうかの……」

普段、隠されている箇所が空気に触れるのを感じたレイアは、恥辱に腰を震わせる。

「もっとだ。もっとちゃんと広げて見せろ」

容赦のないサトルの命令に、レイアはなおも恥辱に浸りつつ、それぞれの中指人差し指を使って、襞を全て曝《さら》け出した。隠している箇所は最早何もない。

「ふわっ……あ、ん……」

体の奥から漏れ出る興奮に、レイアは知らず知らずのうちに酔っていた。自らの主となったサトルに、余すところなく奥底まで曝《さら》け出す自分が、みじめで。またその感覚が微妙な興奮を呼ぶ。

サトルはリュックからキーホルダーを取り出した。キーホルダーについているのは、ＬＥＤライト。底部をノックすると、眩しい明かりが漏れ、その明かりがレイアの膣奥を照らし出す。すでにそこはしとどに濡れていた。

「処女膜が見えるぞ」

「んぁ……そ、そんな恥ずかしいこと言わんでくれ……」

サトルの声にレイアはなおも身悶える。サトルとしては狙ってやった結果に満足をして悪人顔のまま笑んだ。LEDライトの底部をノックし明かりを消すと、右の人指し指でそっと小陰唇のあたりをこね始める。

「やあっ、指っ……」

愛液を指にまとわりつかせ、ちゅぷちゅぷと淫靡な水音をわざと響かせながら、入り口のあたりを指でなぶる。右の人差し指でいじりながら片膝を立て、主張している乳首にいきなり吸い付いた。

「あう、う、あ、あっ」

甘い声に熱がこもる。ほんの少しの刺激で、乳首は反応を示して固くなる。

「胸もやっぱりいい感度だ」

「んんんっ、乳首……やぁ、こ、これ、いやらしぃ……」

舌で乳首を転がしながら、右手は小陰唇の入り口をなぶり続け。レイアは自らの最もいやらしい箇所を曝《さらけ》け出した格好をキープしている。自らの姿勢を思ってレイアは少し身をよじった。が、サトルの指も舌も容易く逃がしてはくれない。

「動くなよ……ほぅら、乳首も立ってきた」

底意地の悪い声をあげ、右の乳首を制圧したサトルは口を左の胸にうつした。ちゅっとわざと音を立て、乳首を吸う一方で、右手は円を描くように第一関節まででで入り口をなぶり続け、左手をあいた右の胸に寄せ、小さな胸を大きく揉みあげながら、ぷくりと主張した乳首を中指と人差し指でぐりぐりとこねまわす。

「ぐりぐりっ……ああああ、あんっ、う」

同時に三箇所をせめたてられ、レイアの膝ががくがくと震えた。膣に入っている指は処女膜に届かない絶妙の長さで膣壁のあちこちを擦りあげていく。前の壁の裏をグリとなで上げられた瞬間、レイアの脳裏にスパークが走った。

「ひゃ、あ、んんんんっう、や、そこぉ、んんっ、んあぁぁぁあっ!!」

ピクンピクンと痙攣。膝はもう覚束《おぼつか》ない。どうやら軽くイッたようだ。乳首から口を離し、入り口の動きを一旦緩めたサトルはレイアの顔を見た。息はすっかり荒く、瞳は快感に酔い、頬は赤く紅潮している。自分の思うがままに、なすがままになぶられる美少女というシチュエーションははっきりと興奮を呼ぶ。少し身を起こし、唇を奪った。

「んん……」

レイアの口腔の中もすっかり熱く、ほぐれきっている。アソコもしっかりと濡れそぼっていて、一度軽くイッたことで、少し弛緩していた。サトルは自らのズボンを脱ぎ、上半身も脱いで、胡坐をかいたまま、レイアを抱き寄せた。

「自分から、入れてみろ」

「えっ」

尻を揉みしだきながら告げた主の言葉に、レイアは小さく反応し、息をのんだ。

下唇をキュと噛んで覚悟を決めると、主の両肩に自らの手を置いて、ゆっくりと腰を落としていく。掴まれた尻で誘導され、主の屹立が自らの入り口にちゅぷりとあたって、レイアの腰が止まった。

「深呼吸……」

耳元でサトルが囁く。素直に従う。

「すぅ、はぁ、すぅ、はぁ……」

と、サトルがレイアの腰をくすぐった。思わず笑いそうになって、ムードを壊した主に少し怒りの視線を向ける。

「力、抜けよ？」

不器用な心遣いだ、とレイアは苦笑──ふと、力が抜ける。

「んんっ」

中腰の姿勢のままに少し腰を落とした。亀頭が膣に飲み込まれる。ツンとすぐに行き当たって、レイアはそこで動きを止めた。

「は……あふ……んん」

ほんの少しの痛み。息を整える。レイアの様子を見たサトルは、再び耳元で囁く。

「無理はすんなよ？」

次の瞬間、レイアは短く息をついて勢いよく腰を落としてきた。サトルが気遣う隙も無い。

「いぎっ！」

「んぉ」

ぶちぃっと体の中が引き裂かれる感触にレイアは思わずのけぞった。意識せずとも身体がぶるぶる震える。

サトルの怒張は根元までは入っていない。指二本ぶんほどを残して、亀頭が一番奥を突く。

「……え、遠慮は、無用、そう言うたで、あろ……？」

痛みのあまり目の端に涙を浮かべたレイアの強がりの声に、サトルは呆れつつも感心した。

「この頑固者が」

コツンと額を小突き。腰を一捻り。

「んあっ！」

レイアの膣がサトルの怒張の形に整えられていく。身体の中で処女膜が再生しようと蠢く感覚も、最初のときとなんら変わらない。レイアは思わずサトルにしがみついた。

「はっ、はっ、は……や、やっぱり痛いぃぃ～」

体の外を傷つけられるのは多少慣れても、内側から傷つけられるのは別物らしい。処女膜が蠢くのも、いわば傷口が勝手に動いているようなものだ。だいたいにして挿入はまだ二度目。そうそうなれるものではない。

「……あのな」

「んぅ……？」

サトルは膣内に埋め込んだレイアの肉襞の感触を動かずに存分に楽しんでいる。意地っ張りの頑固者はまだ快感より痛みのほうが強いらしく、小刻みに呼吸を繰り返していた。

「一旦引っこ抜いてまた入れて、と繰り返したら、どうなると思う？」

心底意地悪なサトルの囁きに、レイアは想像し。そして、恐怖した。

「あ、あぁぁ……い……嫌じゃ、それは、嫌じゃ……」

繰り返される破瓜の衝撃。それは、あまりに怖い。

サトルの言うとおり、浅くまで引き抜けば、処女膜は瞬時に再生するだろう。傷の程度自体はたかが知れているのだから。その状態でまた突き入れられれば、再び破瓜の痛みが襲うだろう。

体の表面を傷つけられたりする痛みは、不死の王に顕現して苦手だった魔術も使えることにより大分減ったのだが、身体の中からの痛みはそうもいかないらしい。レイアは心底、震えた。

「……心配すんな。俺だってそこまでしたかねぇ」

「んぅ」

耳元で囁かれるサトルの苦笑を含んだ低い声に一瞬、安堵する。そこで、けどな、とより一段声のトーンが下がり、サトルの右手がレイアの頤《おとがい》を掴んだ。

「あんまり聞き分けねぇと、本当にそれ、しちまうぞ……？」

――ゾクリ。

言い知れぬ恐怖が、レイアの肺腑を握りしめた。そんなことをされたら、不死の王たるレイアでさえも、痛みに狂ってしまうのではないだろうか。

怖い。怖くて怖くて仕方がない。しかし、心の奥の仄暗いところからそうされたいと叫んでいる声がする。それに気づいて、レイアはまた恐怖した。自分が変わっていく。ほんの少しの時間だというのに、なんということだろう。それもまた、恐怖心。

「ごめっ、んっ、なっ、さいっ」

「そう、それでいい」

顎を捕まれ、服従を強いられて、言い様もなくゾクゾクする興奮。上がる甘い嬌声に、ビクビクと震える腰。膣奥にサトルの亀頭が押し付けられる。

「んはぁっ、奥っ！　……ゴリゴリ、やぁっ！」

やぁ、と言われてもサトルにやめる気はない。レイアの声には艶がある、つまり本当に嫌がっているわけではないのだ。それに、対面座位だと本格的な抽送は難しい。サトルは小さく腰を動かした。

「あっ、はっ、おっ、奥ぅぅ、やはぁっ」

リズムよくレイアの嬌声が断続的にあがる。亀頭一つ分ほどの抽送で奥を突いているのだ。再生しようと触手のように蠢く処女膜に気がとられがちだが、レイアの膣奥も肉襞が絡みついてきて気持ちがいい。

サトルはしがみついてこようとするレイアをちょいと突き放し、右手親指で乳首を捏ねて身体を反らさせてから、結合部に親指を差し入れた。

「嫌ぁっ、そこ、ダメぇぇ！」

新たな刺激に、レイアは激しく頭を振って身悶えた。下からクリ〇リスを親指で弾かれたのだ。

「や、ダメっ、か、感じっ、すっ、ぎぃっ、ちゃ、ぅぅっ！」

肉芽への刺激はレイアにとって初めてのものだった。頭の奥で何かが光り、脳内を真っ白に染めていき——、不意に弾けた。

「ふぅっあ、あ、ああっ、いっ……あああぁぁぁぁっ!!」

初めての感覚。サトルの怒張がギュッと締め付けられ、触手のように蠢く処女膜が雁首までゾワリと撫で上げた。レイアはピクンピクンと痙攣し、少し目が虚ろになっている。サトルは抽送とクリ〇リスへの刺激を止め、ニヤリと笑んだ。

「……イッたか」

「ふ、ふぇぇぇ……？　イ、イッたぁ……？」

「絶頂、つってわかるか？」

息も絶え絶えにコクンと頷く。すっかり涙目で、口元からは涎が垂れている。

「はぁ、こ……これ……絶頂……ひゃ……頭ぁ、真っ白ぉ……」

虚ろなままで無意識にサトルの首に手を回し、しがみついてきたレイアの後頭部をサトルはいとおしげに撫でた。

「……感じ過ぎだろ。嬉しいけどな」

とにかくも征服感が半端ない。ただ、性感帯の固まりであるクリ〇リスをついたとはいえ、二回目のセックスでイッたことにサトルは驚きを覚えていた。少し身体を離し、唇を小さく尖らせて主の顔を見るレイア。

「だってぇ……だ、ダメなのかや？」

「嬉しいっつったろ」

鼻先にキス、次いで唇にキス。心得たもので、すかさずレイアも舌を絡めてくる。処女膜貫通の痛みはまだあるのだろうが、堪えきれない程でもないようだ。ましてや二度の絶頂で膣も大分解れてはきている。

「……少し、自分から動いてみろ」

頬を優しく撫でながらの囁きに、レイアは小さく頷いた。眉をしかめつつ、小刻みに腰を揺すりだす。快感を得るというよりは、探り探りの動きだ。だが、徐々に動きに熱が帯びてくる。

「今度からは、イク時にはできるだけイクっていうんだぞ」

「ひゃあっ、あっ、んふ、んあ、ふ」

サトルの囁きも耳に入らないほど、自らの腰の動きにあわせて悶えるレイアに、サトルは乳首をギュッと強めに捻りあげた。

「ひゃあん！」

「返事はどうした」

「んあああっ！　わっ、わっかり、まぁし、たぁっ！　ああふぅっ！」

想像以上の反応。やはり、Mの気配は強いようだ。腰のグラインドも少しずつ大きなものとなり、同時にぱちゅっ、ちゅぷっと淫靡な音がレイアの喘ぎ声と混ざって、サトルは小さな征服感を大きく満足させた。

自らもレイアの腰の動きにあわせて突き上げる。

「あっ、またっ、奥ぅ！」

ズンと一番奥を突かれる感触に、レイアの小さな身体が跳ねる。腰の位置をずらし、前側の壁を擦りあげると、レイアは大きく反応した。

「ひゃ、ひゃあぁぁ〜……擦れ、ま、またぁ〜……」

レイアの声はすっかり熱を帯びた官能的なものになっている。破瓜の痛みもひょっとしたら快楽として捉えているのかもしれない。

「やっ、いっ、やっ、やめ、やめないでっ……はうっ、き、聞いてっ、く、れ」

痛みと快楽とでいっぱいになりながら、レイアは言う。

「たっ、多分なんじゃ、がっ……ひゃ、あ、主様の、ぉっ、膨大なぁん、ま、魔力がぁ、はっ、わ、妾のぉ、からっ、体にぃ、影響を……与えひゃあぁぁ！」

動きは止めてないから、声も途切れ途切れ。徐々に上り詰める自らの内なる欲が、動きを大胆なものに変え、それがまた大きな快楽を呼んで、快楽のスパイラルとなる。

「んあっ、あ、に、おっ、おっきいぃぃっ、よぉっ……壊れちゃうぅぅっ！」

サトルにしがみつきながら、レイアの腰の動きは止まらない。あんまり大きく引きすぎて処女膜が再生される箇所まで引くのではないか、そうサトルは危惧したが、襲ってきた射精の欲求に危惧はあっさりと流れる。

「ひゃ！　あっ、またっ！　や、あ、壊れ、な、や、さっきと、違……」

ズンズンと二人の腰の動きが。シンクロしていく。レイアの中でサトルの怒張が膨らみ、コツコツと子宮口を突く感触にレイアの脳裏が真っ白に染められる。

「イ……クぞっ！」

「う、うぁ、あ、ああ、ああぁっ、ダメっ、ダメっ、あああぁ、あああああぁぁぁっーっ!!」

びゅるっと熱いモノが吐き出され、自分の体の奥の奥底を叩かれた瞬間、レイアの脳裏にハレーションが

舞った。次の瞬間には白く染められて、意識が遠のいていく。

――ああ。妾、死んでしまうかも。不死の王なのに、死ねるのか、な。

――ぷつん。

そこでレイアの意識が途切れた。最後の一滴までレイアの奥底に射精したサトルは、息も荒くレイアを抱きしめる。頭を撫でてやるが反応がない。ようやくそこで今の今まで相手をしてくれていた不死の王がぐったりしていることに気がついた。

「ありゃ……失神しちまいやがった」

苦笑しつつ、ずるりと逸物を抜く。

「う、ぁ」

無意識にレイアがピクンと反応した。お掃除フェ○をやらせようと思っていたのだが、こんな体たらくではそれも不可能だ。諦めてサトルはリュックの中からポケットティッシュを取り出し、ペニスを丹念に拭いた。少々、物悲しい。ティッシュはあっという間に自分の精液とレイアの愛液、そして破瓜の血だろう色で染められていく。

レイアに視線をやる。ピクンピクンと時折小さく跳ねてはいるが、意識は完全にないようだ。小さな割れ目からは無意識の収縮によって白濁液がごぽり、と零れる。苦笑い一つ浮かべ、サトルは自分が着ていた外套をかけてやった。

そうしてから、サトルは考える。二度めのセックスでナカイキに導けるほど、枕事の技術に優れている、と自惚れるつもりもない。元々レイアがいやらしくなれる素質を持っていたとしても。

「……感じすぎだよなぁ」

サトルの膨大な魔力が、影響を与えている。最中にレイアはそう漏らしていた。自分の中に常識外れな魔力が内包されていることには若干懐疑的な面も残してはいるが、その魔力が肉体を色々と強化していることまでは疑っていない。

五〇メートルほどを三歩で、しかもとんでもないスピードで駆け抜けたこと。どう考えても体重数百キロはあろうミネルバを力任せに圧したこと。暴れるミネルバを押さえつけたままで飛竜の縄張りをとんでもないスピードで駆け抜けたこと。あまつさえあれだけ駆けたにも拘《かかわ》らず、疲労感が皆無なこと。

もう一つ付け加えるなら、レイアと一戦交えたばかりにも拘《かかわ》らず、微塵も疲労感のないムスコ——若さもあるだろうが、にしても異常なほど。どれもこれも、自分が超人になったことを如実に現していて、疑う余地がないのだ。

「魔力、か」

現実感に未だ乏しいままに自分の手のひらを見つめる。レイアは魔力で生きる不死の王だ。それだけに、サトルのもつ溢れんばかりの魔力にあてられた、その可能性は高い。

サトルは半勃ちまで落ち着いた自分のムスコに目をやった。大きい。レイアはそうも言っていた。正直、そんなことはないと思っている。自分のムスコで自慢できる要素は硬度くらいと認識していた。若干細いのでは？　と悩んだ時期もあった程度のムスコ。処女で経験がなかったから、しかもレイアの体躯からすれば大きいだけだ。そうも考えていたが、ふと思い出す。

サトルの身長は一七七センチ。現代日本人の一般身長よりは若干高い程度だが、栄養状態の良くなかった江戸時代の日本人の平均身長は今より二〇センチほど低かった、という話を警備員時代の休憩中に聞いた覚えがある。となると、チン長も相応に小さかったのでは？　そう考えると、ナニが大きいと言われるのも違和感がない。大きいと言われて喜ばない男もいないから、そうなのかもな、と思っておくことにする。

「んぅ……」

ふと、レイアがみじろいだ。この美少女とのセックスは正直、最高だ。奥行きが然程《さほど》にないせいで、自分の怒張が根元まで入りきらないのがもどかしい反面、征服感を呼ぶ。埋まった部分は隙間なくピッタリと包みこみ、仄かな熱を帯びた膣内は愛液も潤沢。そして何より、破瓜した処女膜が再生をしようと蠢くのが陰茎に刺激を与えてくれて、異次元の気持ち良さを教えてくれるのだ。

だが、同時に少し問題もある。

あまりにも浅い所まで引き抜くと、超再生能力で処女膜が再生されてしまうから、ロングストロークを楽しめないのだ。最中に少し脅したが、破瓜の衝撃を繰り返し与えたいと思うほど、鬼でもない。

初めての時はあまり考えていなかったが、処女膜再生の事実を知ってから、今のセックスにしても快感に完全に没入できず、頭の隅に理性を置きながらセックスしている。そもそもヤる度ヤる度に膜を破くのも、少し申し訳ないな、と思っているのだ。もし――あり得ない話ではあるが、現実世界で、同じように処女膜が再生する女性と付き合ったとするなら、毎日のようにヤろうとは思わないだろう。

――ん？

そこでサトルは、自らに違和感を覚えた。元々、喧嘩っぱやいのは確かだ。正義感のあまりに殴りあいの喧嘩になったことも何度となくある。

性欲も強かったとは思うが、性欲のあまりに出会ったばかりの女性を押し倒したなどの事実はない。ある程度の自制心は働いていたはずなのに。この世に来てから、うまく自制心が働いていないような感覚があるのをサトルは認識した。

レイアの尻に折檻した時。お仕置きでセックスに至った時。飛竜の群れに囲まれた時もそう。レイアとの数々の会話でも、思い返すと随分直情的だった。

魔力が認識されたと同時に、自分の性格が攻撃的な方向に書き換えられたのではないか――そんな気がする。

ただ、レイアに聞いても答えは出ないだろうな、と薄々思う。いかんせん、元の世に返すという薬を用意せずに、毒薬を製造するうっかりさがレイアにはあるから。留意して少しは制御できれば――まあでも、あまり考えなくてもいいのかもな、とも思う。正直、考えるのは苦手なのだ。

「なるようにしかならねぇ、や」

レイアの隣にゴロリと横になる。空に浮かぶは見覚えのない星空と、地球のそれよりは遠くに見える二つの月。幸い、眠気はすぐに訪れた。

＊＊＊＊＊＊

朝靄の濡れた空気の匂いがツンと鼻をついて、サトルは意識を覚醒させた。まだ、瞼が重い。鳥のさえずりが遠くに聞こえる。若干の、肌寒さ――いや、腕の中は少し冷たい。

（……冷たい？）

ハッと気づいて、目を開けた。腕の中には特徴的な青白い肌の小さい体躯の美少女が裸で眠っている。今更ながらに現実に気付いて、サトルは眼を擦りつつ腕時計を見た。二六日AM五時ジャスト。いつも起きる時間より少し早いのは、いつもより早く眠ったせいだろう。それでも空は白から青へと変化を遂げている。夜明けはもうきたようだ。ゆっくりと半身を起こし、とりあえずズボンとパンツだけは穿く。

「グゥオ」

振り返ると飛竜ミネルバがいて、頭を擦り付けてきた。レイアが「うぅ～ん」とミネルバの唸り声に身じろぐが、無視する。

「おお、ミネルバもおはようだ」

気持ち良さそうに目を閉じながら頭を擦り付けてくるミネルバの首筋を撫でてやると、ミネルバも嬉しそうに喉を鳴らす。一五秒ほどそうしていたろうか。ミネルバはサトルから頭を放すと、グルグル、と顎を地面に擦り付けてから大きな翼をはためかせた。

「グルルゥオ」

一息、唸ってからバッサバサと上空に身を踊らすミネルバ。少し上がったところで翼をはためかせながらホバリングをし、サトルを見ている。

「おう、行ってこい」

何かをしに行くんだな、とサトルは感じていた。だから、軽い気持ちで声を掛ける。サトルの返事を得てから一声吠え、ミネルバは更に高くへと羽ばたいていく。小動物や鳥によって一番の恐怖の対象である飛竜のヌシがいなくなったことで、川べりに小鳥が寄ってくるのが見える。

昨晩、レイアの張った〝五重結界〟の効果は二刻《八時間》ほどと言っていたから、もう切れているのだろう。ミネルバを見送ってから、サトルはレイアに視線を向けた。何時の間にか目を覚ましたらしく、レイアは半身を起こし、呆けた表情でボーッとしている。低血圧なのか――というかそれ以前に、かなりな低レベルでしか生命活動をしていない不死の王に血圧などあるのだろうか。かなり長い時間、定まらぬ視点であっちを見、こっちを見、サトルを見――ハッと気付く。

「妾、寝てた！」

「今頃気付くか」

サトルは苦笑した。最も、眠らないのが当然の不死の王の立場からすると、眠りこけていたことが信じられないのだろう。

「嘘じゃろ……不死の王が眠れるなど。これも、主様の魔力故か？」

ペタペタと自分の身体をまさぐるレイア。というかいい加減服をきてほしい。その辺りに脱ぎ捨てられていた衣服を拾い上げ、レイアに向けて放った。

「知るかよ。本当なら、セックスで失神したまま寝るのはあんまり良くないらしいんだが」

「失神……。ああっ、そうじゃそうじゃ！　なんというかこう、とんでもない刺激に頭が真っ白になってと。

……って、何を言わせるんじゃ！」

「何も言わせてねぇ！　自爆だろ！」

サトルのツッコミも冴え渡る。が、レイアに堪えた気配はない。

「不死の王たる妾が気を失うなど、あり得ん……聞いたこともない。やはり、主様のとんでもない魔力が、妾の体に何らかの影響を与えておるのじゃろう。……なかなかに興味深い」

一人うんうん頷いているレイアに呆れた視線を向けつつ、サトルは自らの衣服を整えた。

今は大きな問題はないが、この服もいずれは汚れも酷くなるし、替えが必要となろう。第一、ナイロンだのレーヨンだのの技術がこの世にあるとは思えず、デザインや色合いにしたって目立つだろうことは請け合い。別にこの世に長居する気はないとはいえ、多くの人と関わり合いになることはなるべく避けようとは決めているから、服は必要となるだろう。

当面は外套で隠して誤魔化すしかない。この世の社会や技術レベルがどの程度なのかは、二〇〇年の空白があるレイアに聞いてもわかるはずもなかろう。実際に目で見るのが一番だ。野帳を取り出して、町に入ったら買うものを考える。

上空で聞き覚えのある重低音の咆哮が轟いた。ミネルバだ。一直線にこちらに降下して、羽ばたきで速度を調整、ふわりと舞い降りる。

「おう、おかえり……ん？」

首筋を撫でようとしたサトルの足元に、ミネルバは咥えていたものを置いた。ツグミのような鳥と、アケビのような果物。

「お前……俺のために食い物を取ってきてくれたのか？」

「クルルォ」

少し高い声で甘えたように鳴いて、ミネルバは耳の辺りをサトルに押し付けてきた。はっきりと甘えている。なりは大きいしどうしたってデッカイ爬虫類なのだが、犬猫のように甘える仕草は可愛い。

「そうか。ありがとうな」

クルクルと喉を鳴らして擦り寄るミネルバ。こちらの言葉を理解しているように感じ、どう考えても高度な知性を有している。言葉が通じないのがもどかしいが、それを抜きにしても意思疎通はある程度通じる。

「飛竜属は然程《さほど》の知性をもたぬと聞いていたが……ヌシともなると違うのかのぅ」

不思議そうにレイアがじゃれあう一人と一匹を見、慨嘆する。種族が違いすぎて、嫉妬する気にもなれない。レイアは不死の王だから、食事は必要としない。日々勝手に回復する魔力で生命活動が賄えるのだから、食事という概念がスコーンとないのだ。自分の意思で、他人のための食材を持ってくる飛竜にも驚きなのだが。

「人間は大変じゃのぅ……かつては妾もそうじゃった筈なんじゃが」

ミネルバを撫でながら、レイアを見るサトルの視線はどことなく冷ややかだ。レイアはそこで不意に、自分のおかれた立場を自覚した。主のために食料をとってきたミネルバに対し、自分は？

（……いかん。妾の評価がダダ下がりじゃ）

なんとなく、冷や汗が流れた気がした。

（……挽回せねば）

懸命に挽回の方策を考え、ポン、と手を叩いて、思い出す。

「そういえば、以前、妾の迷宮を攻略せんとした冒険者どもの遺した物が、妾の迷宮に残っておる。その中に塩やらスパイスやらもあったはずじゃ」

「おぉ」

サトルから喜色に満ちた声が上がった。リュックの中にあった塩コショウは昨夜使ってしまい、もうない。今日中には町に入るから補充はできるが、今この瞬間の調味料はないのだ。

「この距離ならまだ〝転移〟の術も問題なく届く。サッといって取って来るわ」

「ああ、頼む。俺ぁ鳥の下処理をして、焚き木になりそうな枯れ枝集めておく」

「うむ。では――〝転移《トランスフェアレンス》〟」

掻き消えたレイアを見送ると、サトルはまず鳥の羽根を毟《むし》ることから始めた。一応、小袋に毟《むし》った羽根を放り込む。

一般的にスーパーで売られているようなものしか鶏肉は見たことはないが、知識として血抜きが必要なことはサトルも知っていた。仕事絡みで顔見知りとなった土木作業員が猟友会に属していて、雉を捌く手順を話していたのをなんとなしに覚えていたのだ。

「何が役に立つか、知れたもんじゃねぇな」

思わず一人ごちる。

綺麗にとはいかなかったもののある程度羽根を毟《むし》ったサトルは、昨日レイアから貰ったナイフを取り出した。

銀の装飾が施された刃渡り二〇センチほどのナイフは長年放置されていたわりには切れ味も悪くなく、頸をスパリと裂く。ピュッと血しぶきが飛んで、サトルは苦い顔をした。すでに死んでいるとはいえ、生き物の命を改めて奪う、決して気持ちのいいものではない行動に少しだけ躊躇いを覚えたが、一瞬後にはすぐに切り替える。

場合によっては、これから人を殺さねばならないこともあるだろうことを、サトルは薄々とではあるがちゃんと認識していた。

こんなことで躊躇いを覚えるようでは、この先の困難を乗り越えられるはずがない。ぼっこぼこにした飛竜たちにしても殺さないようには配慮していたつもりだが、もしあの小競り合いの中で大怪我をしたのがいたなら、そもそも野生の中では生きられまい、と切り替える。

「帰るため、生きるために」

蔦状の植物で足を縛って適当な木に吊るし、血抜きを始めつつ、思い切って胸を切り開いて内臓を取り出した。鍋物なりにでもしたいところだが内臓の下処理など分からない以上、このまま捨てたほうが――。

「ミネルバ。内臓、食うか？」

「グル」

サトルの言葉に応じて大きな口をあーん、と向けるミネルバ。犬歯には血がついていて、サトルのための食事とは別に、自分の食事も済ませてきたのだろう。ちょっと怖いなと思いつつも、サトルは鳥の内臓をミネルバの口に放り込んだ。

と。

ポン、と空気が爆《は》ぜる音がした。レイアが帰ってきた――なにやら浮かない顔をしている。

「おかえり……どうした。変な顔して。目的のもの、なかったのか？」

「いや、それはあったのじゃが……んんん？」

首を捻りながら袋をサトルに差し出すレイア。手伝う気はないらしい。袋を覗き込むと、多少の調理道具と、粗末な紙で小分けにされた乾燥したわけのわからないスパイス類がいくつか、石がいくつか——岩塩なのだろう塩の結晶が入っていた。スパイス類はわからないから、今回は塩だけにする。

アケビらしき果実を齧《かじ》りながらサトルは塩の結晶を取り出し、力をこめてギュッと握り締めた。何の抵抗もなく、結晶がアッサリと砕ける感覚が掌に伝わる——改めて自分の体の不可思議さ、便利さに半ばあきれ返りつつ、手のひらに毀《こぼ》れんばかりの塩を半分袋に戻し、残り半分を血抜きを続行している鳥肉にザッシザシと擦り込んでいく。内臓の血に塗れた手にも塩を擦り付けて、内側から塩を擦り込む。

サトルは一人暮らしが長く、料理はある程度できる。惣菜や弁当を買うより料理したほうが節約になるとわかったからそうしていただけのある程度レベルであって、基本、粗野な男料理だ。繊細な味なぞ甘いもの以外には興味がわかなかったから、食えさえすればいいと思っている。レイアは焚き木を拾ってくれていた。

適当に枯れ木を組み、ボソリと一言。

「〝着火《ティンダー》〟」

ボウッ、と火柱があがり、あっという間に枯れ木に火が入る——レイアの顔は、驚きに満ちていた。

「火、ありがとうな……どうした？」

火をつけてくれたことに謝意を示しつつ、胡乱《うろん》な顔をしているレイアが気になって、さすがに聞く。レイアはサトルの顔を見、目の前の焚き火に目をやって事象を確認し、少し考えてから、おもむろに結論を出した。

「魔力が、強くなっておる」

「は？」

サトルの問い返しにレイアは腕組みをしつつ。

「〝着火〟は火属性の初歩中の初歩の魔術でな？　今みたいに枯れ木に火をつける術なんじゃが、炎をある程度制御せねばならん。制御できて初めて火属性の魔術を学べる端緒となる術じゃ。あまり火が強過ぎてもよくないからなんじゃが……妾が今まで〝着火〟に必要としていた魔力と同じだけ注いだ筈なのに、今の〝着火〟は、明らかに強いんじゃ」

確かに、術行使直後の火柱は五〇センチは上がっていた。枯れ木に火をつけるだけなら過剰なほどだ。枯れ木はあっという間に火を宿し、パチパチと燃え盛っている。

「行き返り二度やった〝転移〟でも、いつもより魔力の減りが少ない気がしておったんじゃが……これは、やっぱり……あれかの」

「あれって、なんだ？」

一日間を置いて、レイアは至極真面目な顔で答えた。

「主様との、性交。……せっくす、じゃったか。あれが原因としか思えん」

サトルの中で、時が止まった。

（……は？　なに？　セックスをしたから、魔力が増えた？　なんじゃそら？　やっすい物語じゃあるまいし、セックスをすれば能力があがるとか。それって、なんてエロゲだよ？）

思考が止まって、滅茶苦茶に流れる。

「んな都合の……いいんだか悪いんだか」

サトルの声にも呆れが混じっていた。レイアの至極真面目な語り口を思えば、嘘だと否定するのも憚《はばか》られるが、とはいえ、アアソウナンデスカ、とは返し辛い。レイアは真面目な表情を崩さぬまま考え込んでいたようだったが、やがて顔を上げて。

「主様。町に入ったら、売っておるかどうかはわからぬが、測定珠《そくていじゅ》を買うてきてくれ。一番近場の街になくとも、ある程度の大きい町にはあるじゃろ」

レイアは不死の王で、その特徴的な肌の色から、人々には忌み嫌われ、恐れられている。町には入れない――押し入ることは簡単だろうが。が、サトルはそれを望んでいないから、サトルの影に潜んだ状態で、サトルが買うしか方策がない。

「いやまあ、金はお前もちなんだから、買ってくるのは構わんが」

サトルは戸惑いつつもそう返した。実際問題、サトルは文無しだ。

レイアはサトルのために金を使うことはなんとも思っていないし、実際問題、相当の金を有しているから気にはしていないのだろうが、この世に呼ばれるまでギリギリの生活を営んできたサトルからすると、無闇に無駄遣いするのも気が引けてならない。が、レイアはそんなことは問題ではないとばかりに深刻な表情のまま、首を左右に振った。

「実際にせっくす？　をしたことによって妾の魔力があがっておったなら、一大事じゃよ？　もしこのことが知れたら、この世の全てが主様との性交を求めてくることになるやも知れん」

その現実を考え、サトルは絶句した。魂の大きさは厳しい修行なり修練などによってほんの少しは嵩を増せる。〝隷属〟の術による特殊な増加もあるが、〝隷属〟自体が相当特殊な術なので、そちらによる増加は現実的ではない。

レイアのように自ら不死の王となった場合も増えるが、そちらはもっと特殊――昨日、そんな話をしていたことを今更ながらに思い出す。つまり、ほぼ生まれた時の素質で適正もほぼ決まってしまうこの世で、ちょいとセックスするだけで嵩が増すというのなら。それは、殺到することになるだろう――恐らく、この世のバランスが崩れるほどに。

「ついでに付け加えると……老若男女関係なくな」

髭面のムサいおっさんが脂肪と筋肉に覆われた体でポージングしながら迫る図を思い浮かべ、続いて肌もカッサカサに乾いた垂れ乳の老婆が迫り来る姿を想像して、サトルはハッキリとメゲた。

「冗談じゃねぇぞ……」

軽く考えていたことが全て吹き飛ばされる重たい事実に、サトルの心は落ち込むばかり。

「商売女を抱くなども問題アリじゃな……確認が必要じゃ。それも早急にな」

多少陰鬱な気分になりながらも、サトルは処理をした鳥を直火で焼いていった。皮から油が垂れ、香ばしいいい匂いがする。味付けは塩のみだから少々野卑だろうが、それもまたオツかもしれない。ただ、こういった旅を続けるのならフライパンが欲しいなと思う。

手馴れた手つきで料理をするサトルを見ながら、レイアは口を開いた。

「ひとつ、主様に忠告をしたいのじゃが」

「なんだ？」

「主様は元の世の技術などは話しはせんと言っておった。それはよいのじゃが、それはそれとして主様の持つ常識と、妾の常識。ズレがあるじゃろ」

「そりゃまあな」

サトルは頷く。ついでに鳥をひっくり返す。

「そこじゃ。主様が『まさかこんなこと、できないよな』と思っておるようなことがこちらだと可能じゃったりするわけよ」

「あぁ、うん」

魔術の便利さについてはほとほと痛感している。分野によっては、現代技術でもとても敵わないだろう。

なかでも特にそう感じたのは治癒だ。複雑骨折をした大型肉食獣をものの数秒で整復した上で完治させるのだから。それは現代技術では真似ができない。

「じゃからな。主様の世の常識にとらわれずに、こんなことはできないか、と妾に質問してくれ。もちろん、内容によっては既存の魔術では不可能なことがあるが、ものによっては術を調整することで可能となったりすることもある」

「新しい魔術を作る、ってことか」

レイアは頷いた。魔術はもちろん基本があってこそではあるが、様々な組み合わせによって無限の可能性を秘めている。

「その逆に、妾から質問することもあろう。答えられる範囲であれば主様にも答えてもらいたい」

「わかった。問題ない」

サトルは得心した。だから技術供与の話を枕詞にしたのだと。ものによっては現代技術や科学が絡んでくる常識も出てくる。全てを隠すつもりもないが、つまびらかにする気もない。サトルのさじ加減一つだ。大したことないと思っていてもとんでもない技術に化ける可能性もあるが、細かく考えることはやめようとサトルは思っていた。そもそも考えるより先に手が出るタイプなのだから、あまり考えても仕方がない。

鳥を見る。充分火はとおったようだ。手羽をむしって一口。皮はパリッと肉質はジューシーで少々の血生臭さはあるが、素晴らしく美味い。

「妾が持っていない視点を主様はもっているわけじゃからな。言わば、相互補完じゃ」

「なるほど……。じゃあ早速一つ、質問というか」

レイアは頷いて先を促す。サトルは質問の前に股肉をむしってかぶりついた。塩のみ直火で焼いただけの野趣溢れる料理だが、美味すぎなほどだ。肉がとんでもなくいいのだろう。ミネルバに感謝だ。

「お前とセックスする度、お前には毎回毎回破瓜の痛みがあるわけだが、それはなんとかならんのか」

咀嚼しながら下品に問う。ぶっちゃけ、今のサトルの二番めの懸案事項だ。一番はもちろん、元の世界に帰ること。三番は上手く焼けた鳥を制圧すること。レイアは下品さに眉をしかめつつ思案顔で。

「て言われても……あぁ！　〝沈静〞じゃ！　〝沈静〞の術を使えば痛みも和らぐんじゃった！」

「ちょっと待て。どういう術なんだそれは」

サトルの問い返しにレイアは得意満面で答える。

「〝沈静〞は精神に属する術で、精神異常を抑える効果がある。感覚も半分程に抑える術じゃ。肉体系の術で〝鎮静〞という術もあるが、こちらは感覚を全部遮断する。主様、岩壁に突っ込んだ時、さして痛みを感じんかったろ。恐らくはその術の効果じゃろう」

感覚を抑える——？　サトルは少し考え、断じた。

「一応言っとく。セックスん時にその術は使うな」

「……何故ダメなんじゃ」

せっかくの良案をあっさり却下され、口を尖らせて不平を言うレイア。

「痛みも半分になるが、同時に興奮も快楽も半分になるってこったろ。俺ぁそんなダッチワイフ……あーと、性処理人形を抱きたかねーぞ」

レイアも考え、サトルの感情を理解はしたが、納得はできかねる。

「……どうしてもかや？」

「どうしても耐えられないならそう言え」

痛みが減じても、快感まで一緒に減じては意味がない。互いに興奮してこそのセックスで、マグロを抱く趣味はサトルにはないのだ。

「お前、自分のに突っ込んでるヤツが、冷静な顔で腰振っててもいいのか？」

う、と呻くレイア。想像したのだろう。自分の中に入れてる相手が興奮するでも気持ち良さそうにするでもなく、ただ淡々と腰を振る——女としてこれほど屈辱的なことはない。

「……良くない」

「だろ？　わかったな？」

「……わかった」

不承不承、レイアは頷いた。好きにされることが一番の喜びというのも間違ってはいないのだろうにせよ、何だかんだ言っても破瓜の痛みは辛いものらしい。

「なるたけ優しくしてやるからよ」

サトルは優しく笑って頭を撫でてやった。サトルのもつささやかな現代医学知識でも、破瓜の痛みと快楽の片方を消すのは不可能と結論が出た。あちらを立てればこちらが立たずの典型だろう。思いついたようにニヤリと悪魔的な笑みを見せるサトル。

「口もそうだが、ケツの穴も慣らしたほーがいいのかもな」

「〜〜〜〜！」

声にならない声で口と尻を押さえるレイア。赤みが差した頬が、さらに赤く染まる。そんな様を見て、サトルがいやらしい、悪代官的笑みになるのも仕方なかろう。

「嫌か」

「嫌というか……うぅ〜〜……主様のためになるならやぶさかではないが……正直、怖い……」

偽らざる心境だろう。

「徐々に慣らしてやる」

サトルのあまりに下卑た笑みに、レイアは呆れつつ。

「主様、顔がいやらしい」

「知ってる」

サトルはあっさり居直った。

「だが、毎回毎回破瓜の痛い思いをするよりはマシじゃないか？」

「あれはあれで……いやいやいやいやいやいや！」

激しく首を左右に振るレイア。さて、どちらの恐怖心が勝るのやら。いつか機会を得て実践してやろう、とサトルはろくでもない決意を固めたのだった。

＊　＊　＊　＊　＊　＊

結局、鳥を半身残したサトルはレイアから羊皮紙を貰い、革紐を使って器用にくるんでリュックサックに放り込んだ。焚き火の跡を始末し、旅支度を整えるとレイアを影に潜らせ、ヒラリとミネルバに跨がる。ミネルバは心得たとばかり咆哮一つ空に叫んで、バサリと翼をはためかせた。

早朝の空気は爽やかだが、心持ち寒い。レイアに確認したところ、やはり季節は夏、それも秋に近いあたりだとのことだったが、やはり朝方は冷え込むのだろう。ただ、それもすぐに慣れた。少し気温があがってきたから慣れたのか、それとも例によって魔力が勝手に作用して体温調節を行っているかは微妙なところだ。

「レイア。ふと、思ったんだが」

『ん、なんじゃ』

「ミネルバを人間に変えることって魔術でできねーのか？」

『〝擬態〟の術……というのがある……が』

少しの考えで答えが出るが、妙に歯切れが悪い。

『……すまぬ主様。妾には使えん。肉体系の上級魔術じゃ』

「肉体系は苦手だ、つったたっけか」

レイアは火、風、聖、理が得意で、土と肉体は苦手だと以前言っていた。レイアは自分もこの世で上位の存在だとは言ってはいたが、苦手な分野の上級魔術はさすがに使えないらしい。

『そうじゃ。妾だと、〝縮小〟〝拡大〟が限界でな』

ふむ、と考える。今のところ、町に入る際にはミネルバに〝縮小〟をかけて入るつもりでいた。もし〝擬態〟で人間に化けられるのなら余計な手間も省けると思ったのだが、なかなかうまくはいかないようだ。

「その派生系みたいなの……例えば〝変装〟とかの術はあるか？」

『あるにはある。が、〝変装〟や〝幻影〟は見破られやすくてな。他人に触れられただけで解けてしまう』

「そうか……」

サトルは無念のため息をついた。まあ、ミネルバのサイズを考えればいかに〝変装〟できたとしても無理があるだろう。他に何か手立てはないか。サトルはぼんやりと思考する。と、レイアの不満そうな声が脳内から響いた。

『なんじゃなんじゃ。主様は妾だけでは飽き足らず、ミネルバも人型になれるのならモノにしてしまおうと思うてか』

むしろそれはミネルバが望んでいることなのかもしれない――とレイアは心の隅で思っている。もちろん、口には出さないが。斜め上からのツッコミにサトルは苦笑した。

「違ぇよ。第一、そういったことに関しては、お前に拒否権はねぇ、と言った筈だぞ」

「グル？」

サトルの声に反応してミネルバが振り返るが、違うよと優しく笑んで、ポンポンと首筋を軽く叩いてやる。

『それはそうなんじゃが……』

レイアの口調はあくまで不満げなそれ。サトルはレイアの言ったことは全く考えていなかった。そもそも種族が違いすぎるではないか。想像の範疇外にも程がある。

「街に入るのに、俺一人だろ。手形みたいなのがあるわけでもねぇし、不審がられるんじゃねぇかな、と思ってな。女連れだったら、夫婦って誤魔化しもきくかもな、って思っただけだ」

『なるほどの』

納得の声が上がった。

「俺は、異邦人《フォーリナー》だ。この世にない知識や持ち物を持ってるわけだろ。不審がられると、そのあたりまで調べられかねねぇ。面倒はゴメンだからな」

粗野に見えて、意外に考えているんだな、とレイアは内心で感心した。メジャーやペットボトル、ケイタイデンワにヤチョウに筆記用具などと見せてもらったが、こちらの世であいったものが作れるかは兎も角、余計な知識を広めることにまで、サトルは気を配っているようだ。

「しかし、〝擬態〟の術……肉体系上級だったか。おい、レイア」

『なんじゃ？』

「お前が無理でも、俺が慣れれば使えると思うか？」

『それは無論、そうじゃろう』

即答が返って来た。無意識無自覚に魔力で肉体を制御していることを考えれば、サトルの最も得意なものは肉体系だと想像がつく。完璧に扱えるようになったなら、まさしく傷ひとつつけられぬ肉体ともなろうし、他人を術で操作するのもお手の物だろう。

「……考えてみるか」

顎を擦りながらサトルは唸った。

『魔術の修練じゃな』

「ああ。いかんせん俺は素人だからな。よろしく頼むぜ、先生」

おぉ、と影の中のレイアの声が震えている。正直、少々気色が悪い。

「……どうした」

『妾が、妾が、先生じゃと！　なんたることか……！』

サトルはぷっと噴き出した。影の中に潜む不死の王は先生呼ばわりされたことに感動しているらしい。

魔術に関しては間違いなくレイアはエキスパートだ。長年溜め込んだ知識もあるだろう。先生となるにこれ以上の存在は中々おるまい。だがいかんせん、レイアは人との接触をせぬままに二〇〇年以上を迷宮の中で過ごしてきた。人との関わり合いがないから、先生などと呼ばれる機会もなかった――だから、先生呼ばわりに感銘を受けたのだろう。そう思うと、少し不憫にも思う。

「……スパルタ、っと、あんまり厳しくするのは勘弁してくれよ？」

『それはせぬよ。ただ、そう言われて嬉しいのは嬉しいのじゃが……』

歯切れが悪い。

「ん？」

『どう考えても生徒のほうが魔力が異常に多いのが、ひっかかる』

「そいつぁどうにもならんわ」

素質に溢れる生徒に教える教師というのは、自分の無力さをひしひしと感じることにもなる。しかしそればかりは生徒から何ができるわけでもない。

ゆるゆるとミネルバの背で風を切る感触を楽しみながら、飛び出して一時間あまり。森が切れ、人の手が入った道路らしきものを確認して、サトルは周囲に人の気配がないのを確認しつつ、ミネルバを誘導して高度を徐々に下げた。

「そろそろ歩くか」

『うむ』

ふわりと降り立つ。整備されきっているわけでもないが、しっかりと道にはなっている。あたりには木々がまばらに、あとは丈の短い草が生い茂っている程度で、人の気配はない。

山に近い側は飛竜もそうだが何かと危険が多いので、こちらのほうに冒険者以外で訪れる人はそんなにいない、とレイアは言う。道の整備具合から、残りは徒歩で一刻ほどだろう、とも付け加えた。

『丁度よい機会じゃから、今のうちに魔術の練習もしてみるかの？』

「ああ、そうだな」

にゅう、と影の中から這い出てきたレイアはポーズをつけて。

「レイア先生のー、魔術講座ー」

「……………」

短杖《ワンド》を手に持ち、偉そうに胸を張ったレイアをサトルは至極冷たい視線で見やった。サトルの視線を受けて、レイアはぷぅと頬を膨らませる。

「主様、ノリ悪い！」

「お前な……張っ倒すぞしまいにゃ」

そんなノリに付き合えるほど軽い気持ちにはなっていない。レイアは少々むくれつつも肩を落とし、短杖《ワンド》をくるりと振り回した。

「まずは〝縮小〟の実演と行こうか。……ミネルバよ。特に危険なことはない故、黙って妾の術を受け入れてくれ」

ミネルバはわかったのかわかっていないのか、グル、と一唸りしてレイアを見下ろしている。ふぅ、と息をつき、レイアは口の中で呪を唱えた。

「〝縮小《スモール》〟」

某国民的ネズミ型ロボットアニメに出てくる秘密道具、ス〇ールライトに照射されたかのように、みるみるとミネルバの体が縮んでいく。サトルは思わずおぉと声を上げた。

翼を広げたら一〇メートルはゆうに越えるミネルバの体が縮尺そのままに縮んでいく様は見ていても驚くばかりだ。やがて、ミネルバの大きさは体躯が三〇センチ程度に落ちついて縮小を終えた。ミネルバは自分の状態が分かっているのかいないのか、大きく欠伸している。レイアはミネルバの大きさを確認し、じっと手を見た。

「……予想より小さくなった。やはり、魔力か」

約十分の一と言っていたが、確かに少し小さくなっている気もする。ただ、あまり小さすぎては問題だが、この程度なら許容範囲内だ。サトルはうん、と頷いて、小さくなったミネルバに手を差し出した。

「おいで」

「クルルルゥオ」

これまでの重低音とは違う甲高い声で鳴いて、ミネルバはひょいとサトルの手に乗る。そのままサトルは自らの左肩にミネルバを誘導した。肩に爪が食い込まんばかりだが、例によって痛くはない。

指の背で首筋を撫でてやるとミネルバは気持ちよさそうに喉をクルクルと鳴らした。このサイズなら可愛いものだ。

〝拡大〟と〝縮小〟は二つ一緒に語られることが多いが、中身は全然違う、とレイアは力説した。〝拡大〟は魔力を注いで大きくする想像で済むが、〝縮小〟は魔力を注いで圧縮する想像。注ぎながら圧縮する想像が中々に至難で、間違って魔力を抜こうとしてしまうものらしい。

「さて、では主様にも魔術の実演をしてもらうわけじゃが……」

レイアはサトルの肩に乗ったミネルバに目を向けつつ、可愛らしく小首をかしげた。

「素質はこの際おいておこう。……まずは水が想像しやすいか」

「水？　何でだ？」

土水火風の四元素の中であえてそれを選んだ理由。

「あ、主様に限らず……生き物は体から水分を飛ばすじゃろ」

視線を明後日の方向に向けて頬を赤く染めながら、ボソボソと、しかも段々と小声になるレイアの声。しかし、サトルにはハッキリと聞こえていた。ポン、と手を叩く。

「あー。二度、お前の処女マ○コに注いでるよな」

「だからやめぃ！　そういうのは!!」

真っ赤に染まったレイアに、さすがにデリカシーを欠いた、と苦笑いする。頭を一撫でしながら。

「すまんすまん。で？」

「想像するんじゃよ。そう、指先から水分を飛ばす想像を。水を最初にするとしたのも、水分を飛ばす想像がしやすいからじゃ。手本を示すから、見ておれ」

そう言うとレイアは人差し指を伸ばし、親指を横に立てた。銃の横打ちをするようなポーズで立ち木にターゲットを定める。

「〝水撃《ウォータースプラッシュ》〟」

瞬間、レイアの指先から水が迸った。水道のホースの出口を絞った時に出る勢いのある水が、バシャバシャと立ち木に注がれる。おー、と拍手をするサトル。レイアは拍手をうけ、表情を得意げなものに変えた。

「分かりやすくするために言霊を乗せてみたがな。妾クラスだと、この程度の魔術であれば、詠唱はもとより言霊を乗せんでも発動する」

「詠唱は分かるが、言霊を、乗せ？」

「あー……術の名を口にすることで発動を宣言する、そういうようなものじゃ。言う言わないはともかく、主様もやってみい」

ふむ、とサトルは首を捻る。

「……どれ」

「想像してみい。自分の指先から、水が迸る様を」

言われるまま、サトルは自らの指から水が迸るイメージを脳裏に描いた。レイアが示してくれた程度の水量で想像し、人差し指をそこいらの立ち木に向け、空鉄砲を撃つように構えて。

「……バン」

瞬間、サトルの指先から水が迸った。ただ。先ほどのレイアの見せてくれた水の量ではない。直径にして一メートルクラスの巨大な水柱。サトルの驚きを余所に時間にして五秒ほどで、水は指先から止まった。

「お……おおぉぉぉぉ？？？」

自分の指先を見る。何の変化もない、いつもの自分の指。次いで目標にしていた立ち木を見る。もうすでに、立ち木もない。あまりもの水圧に根こそぎどこかへ吹き飛ばされてしまったようだ。

レイアは頭を抑えて、これみよがしに大きなため息を吐いた。

「やはりな……。制御できておらんか」

予想どおりの結末に呆れざるを得ない。腰に手をやり、少し講釈を垂れる。

「魔術は、すべて想像力で決まるんじゃ。主様は先ほどの『水撃』を、どの程度で想像しておった？」

「そりゃあ、お前と同じ程度」

水道のホースを絞った時の水量でサトルはイメージをしていた。にも拘《かかわ》らず、結果はあのざま。

貯水ダムからの放水のような水量だったのだ。想像と現実とがあまりにもかけ離れている。

「じゃろう？ 同じ程度を目指したのに、結果はアレ。壊れた水道管になっておって調節がきかん……この言い方、わかるか？」

サトルは何度も頷いた。

「あー、わかるわかる。水道な……あるんだなこっちにも」

そう口にしてから、あまりにもこの世を馬鹿にしすぎたかな、とサトルは思った。

一時期流行した某温泉漫画でもあったように、古代ローマ時代にはすでに水道は存在していたのだ。古代ローマ時代よりはこの世は少し中世に進んでいるようだから、水道くらい大きな都市ではあって当たり前だろう。

「ともかく。魔力を制御する術を身につけんことには、危なっかし過ぎる」

「そのうちなんとかなるんじゃね？」

「あーまーいー。甘いぞ主様」

柳眉をいからせてレイアはサトルに迫った。あまりに真剣なレイアの剣幕に、サトルは半歩退く。

術式における魔力拠出のバランスの問題は、この世の魔術行使においての基礎中の基礎なんだとか。例えば火と土を組み合わせた〝灼熱獄道〟の場合、火が八七％に土が一三％と細かい制御が要求される。魔術が系統学として成立しているにはそれなりの理由があるのだ。

それぞれの根幹となる術に、〝永続〟や〝言霊解呪〟等々の作用を乗せて初めて術として成立するのが大半。例えば混合作用なしで〝変装〟の術を掛けたなら、効果が現れてすぐ消えてしまう。それを効率化したのが詠唱で、組み合わせと才覚によっては、例えば火上級の才覚を持っていても、土が全くダメな人は〝灼熱獄道〟を使えない。それにしても、基本となる想像による制御を身につけないことにはお話にならないそうだ。

サトルの場合、魂があまりに巨大過ぎで、それに応じて放出量も大きい。普通は少しずつしか出せないのを修練によって広げていくのだそうだが、全くの逆だ。

「あまり頭で考え過ぎないことじゃ。想像し、魔力の流れを知覚し、外に出す感じ……かの」

「魔力の流れってのがな。意識し辛いんだよなぁ」

自分に魔力があったことなど想像したことがないのだから、流れを意識しろ、と言われてもピンとくるはずがない。

「それこそな。下世話な話になるが、それこそ子種汁でも構わぬし、小便でも構わぬ。あれらは出そう、と意識し、体の中を通って、放出するじゃろ」

そう言われてサトルはようやくピンと来た。

「ああ！　尿道を小便が通ってくあれか」

「……本当にその説明で通じるんじゃやな」

呆れたようにレイアが呟いた。そういう説明したのはお前だろうに、とツッコむと、なんでもレイアがごく幼い頃に師事していた魔術の先生がそう説明をしたそうだ。当時のレイアではちんぷんかんぷんだったが、「そういった感じ方もある、ということは知っておきなさい」と言われたらしい。

「その先生、男だろ」

「よくわかるのぅ。よぼよぼの爺様じゃった」

男と女では、尿道の長さが違うから、男性のほうがより意識しやすいだけの話だ。ふむ、と息をつくサトル。

どうあれ、自分も魔術が使えることは分かった。多少、信じられない気持ち――というか、信じたくない気持ちは残っているのだが、こうもわかりやすく結果が示されると納得せざるを得ない。兎にも角にもあとは暫時、馴らしていくだけだろう。

「……ちょっと試してみるか」

サトルは姿勢をただし、イメージトレーニングを始めた。右手を空鉄砲でも撃つように構え――小便をちょっと出して止めるイメージ。マンホールの管から勢いよく迸《ほとばし》った程度の水が打ち出され、レイアは頭を左右に振った。

「まだ多い」

続いて、我慢汁が滲み出るイメージ。おぉ、とレイアの声に感嘆が混じる。

「あっ、いい感じじゃ」

それでもまだ多い。ホースを絞っていないあたりの水量だ。これ以上にイメージを下げるのは難しい――サトルは想像力を働かせる。

「ちょい待て……ひょっとしてひょっとすると」

ごくごく軽く、指先についた一滴の水滴を飛ばすように、フリスビーを投げるようなイメージでゆっくりと手を逆手に前に出す。勢い良く細めの水が迸《ほとばし》った。ほぼ、レイアが示したお手本どおりの水量だ。

「おお。完璧じゃ」

別段魔力の消費を感じたわけではないが、それでもサトルはぐったりして自分の指先と水跡とを見比べた。

「こ、これ、制御すんのかえって難しいな！」

「それは贅沢な悩みじゃわ。普通の人間は広げようと躍起になるものじゃし」

そんなことを言われても、サトルとしてもこの力は望んだものではない。ある程度でもこの世界に適応しようと思えばこそ、制御に挑戦しているだけなのだから、贅沢な悩みと言われても困る。

想像力が大事、とレイアは口酸っぱく言っている。ただ、自らの想像と現実が乖離《かいり》しているのが問題なので、そこをすり合わせていかねばなるまい。

「主様の課題としては……そうじゃな、〝水球《ウォーターボール》〟」

レイアはポソリと術を行使して、水でできた球を手のひらの上にふわふわ浮かばせた。大きさ的にはバスケットボールほど。

「この大きさの〝水球〟をいつでも作れるようにすることから始めようかの」

作った〝水球〟は単なる無害な水なので、そこいらに捨てても問題ないそうだ。慣れていったなら〝土球〟〝火球〟〝風球〟と四元素全ての球を同じような大きさで揃えるコツを掴む、そこで第一段階完了、とレイアは講釈する。

〝土球〟も〝水球〟同様、単なる砂なので、これもそこいらに捨て置いても問題ないが、〝火球〟は単純に危ないから人の気配のないところで火気使用可な場所で、と条件がつけられた。〝風球〟に関しては風は色や形が不定形なので、〝土球〟で出来た砂をまとわせて大きさを判別する方法がとられる。

残りの肉体、精神、聖、理については、座学が必要になるそうだ。ただその中でも理術の初歩、〝解呪〟の術は別に教えてもらった。これは分かりやすく言えば魔術を消す魔術で、練習の際に危険な大きさになったなら、この術で消すように言い含められる。

「よいか、あくまで想像することが大事じゃ。想像と現実の差に留意しておれば、すぐに『この想像でこの程度』と見当がつく」

「ふむ……」

「暇さえあれば想像し、実践して現実との差を埋めるんじゃ」

「そうだな、やってみよう」

とはいえ、長い道程になりそうではある。

再び影の中にレイアを収め、徒歩移動を開始しながら、サトルは〝水球〟を何個も作っては、その辺に撒き散らしていく。レイアの示した大きさの感覚は何度も試した挙句、手のひらに一滴の滴を受けたイメージでようやく落ち着くことが分かった。

「……これ以下は正直、無理だな」

頭の中で描いたイメージをそっくりそのままレイアに伝えると、影の中からは呆れ返った声が返ってきた。

『ありえんにも程がある。なんじゃその格差は』

「んなこと言われても俺だって困るわ」

サトルは肩を竦める。一般の人の場合、中級の素質をもって実際に中級が使えるようになって初めて、頭の中で想像した球と現実の球の大きさが同じになるそうだ。中級の素質を持つ人が初級の頃だと、二〜三倍の大きさを想像して、ようやく現実の球の大きさになるのだという。

『妾の場合で、あの大きさの〝水球〟は手のひらで握りこめるほどの大きさの玉を想像しておった。今までの想像よりは気持ち小さく想像して、計算どおりの大きさじゃったよ』

「……そういや魔力が増えてる言ってたっけな」

『うむ。正直、嬉しい誤算じゃ。今まで行使しておった術を同じ想像で使うと、威力が以前より多いからな。

制御慣れは妾にも必要なことよ』

いいことばかりではない、ということか。ちなみにレイアに言わせると、あっさり〝水球〟の大きさのイメージを掴んだこともさることながら、千個もの〝水球〟を作って、何の変化も見せないほうが恐ろしい、とは言っていた。サトルにしても、疲労感は皆無だ。一般の人の場合、中級の素質をもって実際に中級が使える人でも百も作れば関の山だと言う。

「……あまり考えないようにはしてたんだがな」

『何をじゃ？』

「もし、俺が……例えばそうだな。後ろに見えてる山――ガルムルだっけ。あのサイズの水球を想像したら、どうなったかな、と」

『それは……』

レイアも影の中で絶句した。現時点、サトルの全力というものは、全く底が知れない。サトルの魔力を思えば、実際にガルムルの山ほどの容積を持つ水を作り出すことは可能だろう。いやそれどころか、この神たる大地をも埋め尽くすだけの水球を作れるのかもしれない。もし、そうなれば――。

「そんな危ねーことはしねぇよ」

サトルの声には韜晦《とうかい》の意識が籠められている。

(……というか)

サトルは心の中で思う。

(……俺が、この魔力を全部出し切るような状況は、考えちゃいけねーんだろうな)

レイアには言わない。レイアの呆れやら驚きやらを受けて、自分がこの世での最強チートだということは徐々に理解しつつある。使い方によっては、この大地――いや、星ごと壊せるくらいの能力が自分にはあるのではないか。サトルの中でその意識は確信に変わりつつある。急に強くなったと自覚はしても、調子にのらないのは自制がきいているからではない。そんな気が元々ないからだし、もちろん、そうするつもりも欠片もない。

ただ、もしもサトルがそれだけの力を持つことが他人に知れたなら、過ぎたる力を持つ者は、畏怖の対象となる。こちらに然程《さほど》の害意がなくとも、潜在的に脅威と相手が感じておれば排除しようとする、とはいみじくもレイアが自分と迷宮のことについて語った中にあった台詞だ。

レイアでさえ、そうなのだ。だから尚更、言えない。多分、勘付いてはいるだろうが。

『そういえば主様の世というのはどんな世界なのじゃ？』

あからさまに話題を逸らしたレイアの声。

（……やはり、勘付いているな）

そう感じつつも、サトルはあえて話題に乗った。ぼんやりとどう説明すべきか考える。

「魔術がなくて科学が発展していて、電気つー……人工的に造る雷を使う機械が色々あって。魔術がなくとも便利に暮らしていける世界ではあったよ」

レイアには生まれたときからずっと魔術が近くにあった。だから、どの世にもある当たり前の力だと思っていたのだが、魔術の存在しない世界というのがあるのは正直、想像し難い。

「科学ってのは多分、お前が想像できないものも沢山生み出してる。そうさな、よく言う形だと、鉄の塊が地面を走ったり、空を飛んだりするんだぜ」

『はぁ？　走るのはまだなんとなくわかるが、飛ぶ？　それは、魔術と何が違うのじゃ』

確かにそのとおりで、原理を知らなければ科学は魔術に等しい。あー、とサトルは生返事をしつつ説明を考える。

「色んな薬があるとして。それをどう組み合わせればエネルギーとして使えるかが研究されている、っていえばいいかなぁ」

『えねるぎぃー？』

「……うは、そいつは日本語に変え辛いな。活力……んー、なんか違うか。力、かな」

何かいいものがないか。サトルは手持ちの持ち物を考えて、思考をする。取り出したものは、メジャー。

「こいつは見たろ」

『うむ。主様の世で、物の長さを測るきかいじゃな』

度量衡を調べた際に、ワンドの長さが一フィートだというので実測をしたのだ。サトルは小さく笑う。

「残念ながらコイツは機械じゃない。ただ、コイツを作るには機械がいるけどな。例えば、こんな薄い鋼はこの世にあるか？」

シュル、とメジャー本体を引っ張り出し、上下に揺する。ペナペナな安いメジャーではあるが、それでもスチール製なのは見て分かる。

『いいや……改めてみれば凄い薄いのぅ』

「だろ。で、コイツには細工があって、ある程度伸ばしたところで止められる」

五〇センチほど伸ばしたところでクリップしてメジャーを止め、メジャーの先を放す。おぉ、とレイアの声が上がった。クリップを外すとメジャーはシュルルと巻き戻り、カチンと元の状態に戻る。

「例えばだが、この元に戻る力が、エネルギーだ。色んなクスリを組み合わせて、大きなエネルギーを出して、それを生かす。……俺の世界では、月に人が降り立ったんだぜ？」

『月に!?　月と言うと、あれか。空に浮かぶ、あの月か！』

「そう」

レイアのすっとんきょうな声が脳内に響き渡り、サトルは思わず眉をしかめた。そういえばこの世界の月は二つあったな、と昨夜の光景を思い出す。

「もちろん、エネルギーの使い方を歪めて、町一つ当たり前に吹き飛ばす兵器や何千何万の人をいっぺんに殺す毒なんかもある。貧富の差はあるし、科学技術の発展もあちこちで差を生んでたけどな。つまんない理由で戦争なんかがあったりもした」

訥々《とつとつ》と語るサトルの表情を影の中にいるレイアは見ることができない。影に潜む際の弱点だ。きっと淡々と、でも密かに情感が籠っている顔なんだろうな、と想像がつく。ただ、と但し一つ、サトルの声のトーンが明るくなった。

「俺のいた国は平和だったな。表立っての戦争や、人殺しなんかはほとんどない。もちろん、俺も殺したことなんかないぞ」

『ほぅ』

明るいトーンの声だが、同時にレイアは若干の危惧を抱いた。レイアの師ヤースを探す旅と簡単には言えるが、その旅は困難があろう。人を殺したことのないというサトルの甘さが、旅を余計に困難なものにしてしまうやも知れない、という危惧。

ただなんとなくではあるが、レイアはサトルがすでにその可能性を察しているのでは、とも思ってる。優しさの中に隔絶した厳しさを持っていることが折に触れて伝わるのだ。そしてそのレイアの想像は間違っていない。サトルは一応でも腹を据えている。恐らくは杞憂に終わるだろう。レイアは危惧を棚にあげ、話題を変える。

『主様は雇われのけいびいん、じゃったか。妹御がいて、後は親類がおらぬまでは聞いたが』

「そうだ」

サトルはズボンのポケットから携帯電話を取り出し、画面を開いた。待受画面にはサトルと、七歳程の可愛らしい少女が写っている。

『ほほぅ、可愛らしい娘子じゃわ』

「だろ」

兄バカだ。感覚共有で同じものを見ているから、レイアにも携帯電話の待受画面は見れている。

「妹――ありす、って言うんだけどな。頭もいいし気立てもいい」

兄バカ全開である。

「今は養護施設……えぇと、国や町とかが、親がいない子とかを保護する施設があるんだが、そこにいる」

一旦言を切る。間をあけて、ポツリと物悲しいサトルの声。

「そして多分、泣いてる」

レイアは息を詰まらせた。間違いなく少女を泣かせているのは、自分のせいだ。浅はかな自分のせいでこの世に召喚された青年は少し遠い声で呟く。

「ありすは生まれてすぐに親を、まあ、俺の両親でもあるけど――亡くして。施設で育って、俺は唯一の肉親だ。たまにしか会えないんだが、それでも凄く慕ってくれててな。アイツを泣かせているかと思うと、やるせねぇな……」

ポツポツと吐き出すように、切なさとやるせなさが詰まった口調に、レイアもまた自らの身を引き裂かれんばかりの思いが駆け巡った。

『すまぬ……』

ようやっとそれだけを絞り出す。サトルは小さく忍び笑いをし。

「その件に関してはもう怒ってねぇよ。まあ、仕方ねぇとは思ってる。運が悪かっただけさ」

諦めたようなサトルの声音に、レイアは言葉を返せない。そうは言うが、不運で片づけられるものではない。

「俺は、帰るんだ……」

なおも決意に満ちたサトルの声に、レイアは心底、自分が彼に申し訳ないことをしたのだと自覚し、また決意を新たにした。

自分の役目は、主を守り、導き、そして元の世界に返すこと。そう、己を強く戒める。

「お。町が見えてきたな。今日は町で飯にありつけそうだ」

雰囲気を変えたサトルの声に、レイアは視覚を同調させた。二人の目に小さな町が映る。レイアにとっては二〇〇年ぶりの、サトルにとっては初めての人の社会が待っていた――。

〈続く〉

あとがき

自分が書いたものが本になるだなんて、今でも信じられない自分がいます。

改めまして、はじめまして。ノクターンノベルズでご承知の方々やリアル友には改めましてありがとうございます。ご隠居さまと申します。ペンネームに敬称をつけてるっておかしいよなと思いつつ、十年ほどこの名を使って活動しているので今更かとも居直っております。もし街などで見かけましたら、「よっ、ご隠居！」とうっ〇り八兵衛のように軽くお声をかけていただければ嬉しいです。なお、こんなペンネームですが、水戸のご老公様とは縁もゆかりもありません。多少あやかっている面はありますが、由来は秘密。

当初の予定ではオルギスノベルの先陣を飾った他三作品と同様に、二月発売の予定でしたが、諸般の事情により一ヵ月発売が伸びました。その結果、私の誕生日に発売するという奇跡——これも、縁なんでしょうね。生涯忘れないであろう誕生日となりそうです。なお、プレゼントは常時受け付けておりますので（笑）。

嫁さんも募集中。マジでマジで。オッサンですけれど！

さて。この物語は現在（二〇一七年三月時点）もなお「小説になろう」内の十八禁男性向けサイト「ノクターンノベルズ」で連載中の作品です。現時点で二〇〇万文字を突破してもなおまだ終わる気配すら見えないという長大な物語となっておりまして、おかげさまでそこそこの人気を得ております。実は、この物語のタイトルからしてネタなのですが、ちょっと危険な部分も含むので詳しくは割愛するとして。

この物語は「私が（なろう系の大分類でもある）異世界転生（召喚）物を書いたらどうなるか」が前提で執筆をスタートさせた作品です。レイアの永遠の処女の設定を思いついて（一章最後のオチですね）、滝のように流れ出たプロットを纏め、「これだ！」と思ったんですが、これ、十八禁じゃなきゃダメだよね、ってなわけでノクターンでの投稿を決めました。最初にえろありきではなく、設定上えろあったほうが、という形だったんですね。他のノクターン作品をつらつらっと読んで、ジュブナイルポルノ形式な作品はあまり多くなく、「あ、自分の書こうとしている物語はノクターンというカテゴリの中ではあまりに異質だ」と気づいたのですが、まあそれも仕方ないか、と居直って、書き始めて一ヶ月で投稿を始め。私の悪いクセなのでしょう、物語はズンドコ長くなっていき。そして二年もの間ちまちまと連載を続けて、こうして本になりました。うすぼんやりとクリエイターを目指していて、実際にそちらの道に進まなかったクリエイター崩れを長らく自称してきたのですが、こうして書籍を出版した以上、崩れとは言えなくなってしまいました。作家……作家なぁ。今でも、信じられません。

以下、謝辞。

ノクターンノベルズの膨大な作品の中から当作品を拾い上げて下さった、一二三書房オルギスノベル編集部様。特に担当編集様はさぞ何かと口うるさい私にイラッとしたことでしょう（苦笑）。涎が出んばかりの超美麗なイラストを描いていただいたズッキーニ様。イメージのあう絵師様と出会えるのは本当に幸運でした。レイアエロいよありす可愛いよ……。こんな海のものとも山のものともつかない処女作を並べて下さる本屋さん。そしてなにより、ノクターンノベルズにて読んで、ブックマークしたり、評価ポイントを入れていただいたり、感想書いていただいたり、レビュー書いていただいたり、活動報告にコメントつけてくれたりした、愛すべき変態諸氏もとい読者の皆様方。

そしてそして。高校時代から私の文章を読み、評価し、長年に渡って励ましてくれた親友、N氏。間違いなく貴方がいなかったら、小説を書こう、書き続けようなどとは思わなかったでしょう。

全ての皆様に、ありがとうを。

サトルの旅はまだまだ続いていきます。それでは、続刊で再びお会いできることを祈って。

二〇一七年三月　ご隠居　拝

ノクターンノベルズ異色の人気サバイバルアクション書籍化!!

普通のサラリーマン的場和矢（28）は、インフルエンザにかかり２週間自宅から出ずに静養していた。しかしその間、世の中ではとんでもないことが起きていた。ウイルスの突然変異か細菌兵器か原因は不明だが、人類のほとんどがゾンビ化していたのだ。なにも知らずに出社しようとして初めて気付いた人類の敗北に戸惑うものの、食糧確保のために外に出ていた学生グループと合流し、拠点のショッピングモールになんとか潜り込む。しかしその学生グループも、助けを求めて拠点のショッピングモールを出て行くという。一人の少女を残して…。

｜サイズ：四六判｜268頁｜価格：本体1,200円＋税｜

オルギスノベル
ORGISNOVEL

フォーリナーの過ち❶

2017年3月25日 初版第一刷発行

著　者　　ご隠居さま

発行人　　長谷川　洋

編集・制作　　一二三書房　編集部

発行・発売　　株式会社一二三書房
〒102-0072 東京都千代田区飯田橋2-14-2 雄邦ビル
03-3265-1881

印刷所　　中央精版印刷株式会社

作品の感想、ファンレターをお待ちしております。

〒102-0072　東京都千代田区飯田橋 2-14-2　雄邦ビル
株式会社一二三書房

ご隠居さま 先生／ズッキーニ 先生

ISBN 978-4-89199-426-6